AF498616

Wilhelmine Schröder-Devrient

Das Tagebuch der Mademoiselle S.: aus den Memoiren einer Sängerin
(Erotik, Sex & Porno Klassiker)

e-artnow 2018

Walther Kabel
Erotische Romane: August Summers Ehe + Der nackte Schnucki + Pumpmolch + Der tönende Sumpf + Anitas Traum

Jean Qui Rit
Scharfe Geschichten

John Cleland
Die Memoiren der Fanny Hill (Ein Erotik, Sex & Porno Klassiker)

Wilhelmine Schröder-Devrient
Das Tagebuch der Mademoiselle S.: aus den Memoiren einer Sängerin (Erotik, Sex & Porno Klassiker)

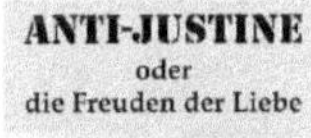

Restif de la Bretonne
Anti-Justine oder die Freuden der Liebe (Ein Erotik, Sex & Porno Klassiker): Retif de la Bretonne war ein Gegner der "Grausamkeit des Marquis de Sade" und kämpfte für "Freude am Sex"...

Wilhelmine Schröder-Devrient (zugeschrieben)

Das Tagebuch der Mademoiselle S.: aus den Memoiren einer Sängerin (Erotik, Sex & Porno Klassiker)

Impressum:
Cover Bild: Red Cheney Johnston: Erotische Fotografie, c. 1915.

e-artnow, 2018
ISBN 978-80-268-8939-7

Werkausgabe:
"Das Tagebuch der Mademoiselle S. Die Memoiren e. Sängerin"; Wiesbaden : Reichelt, 1968.

Editorische Notiz:
Die Rechtschreibung, Interpunktion, Lautschrift und grammatische Besonderheiten blieben unverändert.

Bibliographischer Nachweis (Erstdruck):
"Aus den Memoiren einer Sängerin"; Erstdruck: 1868–1875, erschien zunächst anonym. Die Verfasserschaft der Wilhelmine Schroeder-Devrient ist umstritten. Auch bekannt unter dem Titel »Das Tagebuch der Mademoiselle S.«.

Inhaltsverzeichnis

1. Brief

Warum soll ich Ihnen etwas verhehlen? Sie haben sich in so viel schwierigen Lagen meines Lebens als ein wahrer und uneigennütziger Freund erwiesen, haben mir so wesentliche Dienste geleistet, daß ich Ihnen mein vollständiges Vertrauen schenken kann. Ihr Wunsch überrascht mich übrigens nicht. Schon in unseren früheren Gesprächen bemerkte ich, daß Sie eine Neigung und Vorliebe haben, die geheimen Triebfedern zu erforschen, die bei uns Frauen zu Ursachen so mancher Handlungen werden, für die auch die geistreichsten Männer häufig um eine Erklärung verlegen sind. Obgleich uns die Verhältnisse jetzt weit auseinandergeführt haben, und wir uns aller Wahrscheinlichkeit nie wiedersehen werden, so denke ich doch stets mit Dankbarkeit an die Zeit, in der Sie mir in meinem großen Unglück beigestanden haben und in allem, was Sie getan, verschafft und abgewehrt, nie an sich gedacht, sondern nur mein Wohl gewollt haben. Das werde ich Ihnen nie vergessen. Es hing ja nur von Ihnen ab, jede Gunstbezeugung von mir zu erhalten, die ein Mann sich nur wünschen kann, denn Sie kannten mein Temperament, und ich war Ihnen sehr gut. An Gelegenheit hat es uns auch nicht gefehlt, und ich habe an Ihnen oft bewundert, welche Gewalt Sie sich angetan haben. Denn, daß auch Sie in dem fraglichen Punkt sehr reizbar, ebenso reizbar wie ich, waren, habe ich mehr als einmal bemerkt, und Sie haben es mir selbst oft gesagt, daß ich einen scharfen Blick und sehr viel mehr Verstand habe, als viele andere Frauen. Nun haben Sie das Verlangen an mich gestellt, Ihnen aufrichtig und vor allem ohne weibliche Zurückhaltung – die ich ja selbst oft genug Ziererei genannt habe – meine Erfahrungen und Anschauungen über das Fühlen und Denken der Frauen in Bezug auf das wichtigste Moment ihres Daseins, die Liebe und Vereinigung mit dem Manne, mitzuteilen. Anfangs setzte mich Ihr Wunsch in Verlegenheit, denn – lassen Sie mein Bekenntnis gleich mit der Schilderung eines entscheidenden Charakterzuges aller Frauen ohne Ausnahme beginnen: »Nichts wird uns schwerer, als die vollkommene Aufrichtigkeit gegen den Mann; denn Sitte und Notwendigkeit des gesellschaftlichen Zwangs legen uns von frühester Jugend an so viele Rücksichten auf, daß wir ohne Gefahr nicht aufrichtig sein können!« Als ich aber darüber nachdachte, was Sie eigentlich von mir verlangen, vor allen Dingen aber, als ich mich der Eigenschaften des Mannes erinnerte, der so etwas von mir verlangte, da fing Ihre Idee an, mir Vergnügen zu machen. Ich versuchte, einige meiner Erfahrungen zu Papier zu bringen. Ich stockte zwar, als ich an Dinge kam, die wirklich vollkommene Aufrichtigkeit verlangen und die man eben nicht niederzuschreiben pflegt, aber ich zwang mich dann doch dazu. Ich dachte daran, daß ich Ihnen eine Freude damit mache, und überließ mich nun ganz der Erinnerung an die vielen glücklichen Stunden, die ich genossen habe, und von denen ich nur eine bereue. Als ich erst die anfängliche Scheu besiegt hatte, empfand ich bei der Schilderung dessen, was ich von anderen Frauen erfahren, sogar ein ganz entscheidendes Vergnügen. Je ausführlicher ich wurde, desto mehr kam mein Blut auf die angenehmste Art in Wallung. Es war mir wie ein Nachgeschmack der Freuden, die ich genossen habe und deren ich mich nicht schäme, wie Sie wissen. – Wir sind durch die sonderbarsten Verhältnisse so vertraut miteinander geworden, daß es mir übel anstehen würde, mich Ihnen in einem anderen Licht zu schildern, als ich wirklich bin.

Meine Eltern, wohlhabende, aber keineswegs reiche Leute, hatten mir eine musterhafte Erziehung gegeben. Mein lebhafter Charakter, meine Begabung, alles spielend zu erlernen, und namentlich mein schon früh ausgebildetes Talent auf dem Gebiete der Musik machten mich zum Liebling nicht allein meiner Eltern, sondern aller, die unser Haus besuchten. Bis zum dreizehnten Jahr war meine temperamentvolle Veranlagung noch nicht durchgebrochen. Andere junge Mädchen hatten mir zwar erzählt, was es für eine Bewandtnis mit dem Unterschied zwischen dem männlichen und dem weiblichen Geschlecht habe, und daß es eine Fabel sei, wenn man uns weismachen wolle, der Storch bringe die Kinder, und daß doch gewiß recht sonderbare und geheimnisvolle Dinge vorgehen müßten, wenn man sich verheirate. Aber mein Interesse an solchen Gesprächen war immer nur das der normalen Neugier gewesen. Meine Sinne sprachen dabei noch in keiner Weise mit. Erst als sich an meinem Körper die ersten Spuren der Reife zeigten, als ein leichter Anflug gekräuselter Haare sich da bemerkbar machte, wo meine Mutter nie, selbst beim Anziehen und Waschen nicht, eine vollständige Entblößung litt, da gesellte sich zu der Neugier auch das Wohlgefallen. Wenn ich allein war, untersuchte ich die mir unerklärliche Erscheinung des krausen Haarwuchses an jener Stelle, die doch eine große Bedeutung und Wichtigkeit haben mußte, da alle Welt sie so sorgfältig hütete und den Blicken entzog. Beim Aufstehen, wenn ich mich bei verschlossenen Türen allein wußte, nahm ich einen Spiegel von der Wand, stellte ihn vor mich und rückte ihn solange schräg, bis ich alles genau sehen konnte. Um so weniger aber begriff ich, was meine Gespielinnen davon erzählten, wie die innigste Vereinigung zwischen Mann und Frau stattfinde. Der Augenschein überzeugte mich, daß eine Vereinigung meiner Meinung nach gar nicht möglich sein könne. An Bildsäulen hatte ich gesehen, wie anders der Mann von der Natur ausgestattet ist als das Mädchen. Da ich meine Untersuchungen immer beim Waschen vornahm, wobei ich an den Wochentagen ganz nackt und allein war, während ich sonntags in Gegenwart der Mutter die Hüften bis zu den Knien bedeckt halten mußte, so konnte es nicht fehlen, daß ich auch bald auf die immer mehr sich rundenden Formen der Hüften und Schenkel aufmerksam werden mußte. Das bereitete mir ein unerklärliches Vergnügen. Meine Gedanken schweiften in die Weite. Ich versuchte, mir auf alle mögliche Weise zu erklären, was ich doch nicht begreifen konnte; ich erinnere mich aber genau, daß damals sich meine Eitelkeit zu regen begann. Mein Vater war ein sehr ernster Mann, und meine Mutter ein Muster weiblicher Sitte und feinsten Anstands, so daß ich vor beiden außerordentlichen Respekt empfand, aber gerade deswegen auch die größte Liebe für sie fühlte. Höchst selten kam ein Scherzwort über die Lippen meines Vaters, und ebenso selten sah ich von ihm eine Zärtlichkeit für meine Mutter. Dabei waren beide sehr schöne Menschen. Der Vater war damals rund vierzig, die Mutter vierunddreißig Jahre alt.

Nie war mir der geringste Gedanke gekommen, daß unter dieser ernsten und in jeder Beziehung gemessen erscheinenden Außenseite soviel Sinnlichkeit und Lebensgenuß verborgen sein konnte, wie ich durch einen sonderbaren Zufall erfahren sollte. Ich war vierzehn Jahre alt geworden und ging eben in den Konfirmandenunterricht zu einem Prediger, der, nebenbei gesagt, meine erste, schwärmerische Liebe war. Nicht die meinige allein, sondern die aller seiner Schülerinnen, obgleich er weder jung noch besonders schön war. Ich habe vielfach beobachtet, daß Lehrer, darunter vorzüglich Religionslehrer, den ersten nachhaltigen Eindruck auf das Gemüt junger Mädchen machen. Ist der Prediger ein guter Kanzelredner, ein in der Gemeinde beliebter Mann, so schwärmen alle jungen Mädchen für ihn. Später komme ich vielleicht hierauf zurück, weil es ja auch zur Beantwortung Ihrer Fragen gehört. Ich war also vierzehn Jahre alt und körperlich, bis auf das eigentliche Zeichen der periodischen Blume, das Zeichen der vollen Weiblichkeit, vollkommen ausgebildet. Da kam der Geburtstag meines Vaters heran, und Mutter traf mit liebevoller Geschäftigkeit alle Vorbereitungen dazu. Ich hatte ein Gedicht gemacht – Sie kennen ja mein kleines poetisches Talent (unter uns gesagt, mit dem Wunsch, daß es unser Prediger korrigieren möge, und ich dann einen Vorwand hätte, zu ihm zu gehen) – , einen großen Blumenstrauß gewunden und war schon frühmorgens festlich angezogen, weil mein Vater schöne Toilette sehr liebte. Meine Eltern schliefen nicht zusammen, weil der Vater oft bis spät in die Nacht arbeitete und dann die Mutter nicht stören wollte – so sagten sie wenigstens; später habe ich erkannt, wie weise sie auch darin waren, ihr Eheleben zu genießen. All die Dinge, welche vor dem Zubettgehen und nach dem Aufstehen nötig sind, all die Zwanglosigkeiten, die sich mit der Bequemlichkeit verbinden, auch die nachlässige, ja oft lächerliche Toilette des Nachtanzugs, kurz: die zu genaue Bekanntschaft sollen Eheleute von sich fernhalten, damit sie sich immer neu und reizvoll bleiben. Mein Vater schlief also nicht in dem Schlafzimmer der Mutter. Gewöhnlich stand er um sieben Uhr auf. An seinem Geburtstag war meine Mutter schon um sechs Uhr auf und im Hause tätig, um die Geschenke zu ordnen und Vaters Bild zu bekränzen. Gegen sieben Uhr sagte sie: das frühe Aufstehen mache doch recht müde, und sie wolle sich noch einen Augenblick aufs Bett legen, bis der Vater herüberkäme. Weiß der Himmel, wie mir die Idee kam – aber ich dachte, es müsse doch gar zu hübsch sein, wenn ich dem Vater gleichzeitig mit der Mutter gratulieren würde, denn ich hatte ihn schon sich in seinem Zimmer räuspern hören. Er war also auf und mußte bald herüberkommen. Während die Mutter noch mit dem Dienstmädchen sprach, schlüpfte ich in das Schlafzimmer, das einen Alkoven mit einer Glastür hatte, in dem sämtliche Garderobenschränke standen. Dort wollte ich versteckt stehenbleiben, bis Mutter dem Vater gratulierte, um dann durch mein Erscheinen die geliebten Eltern zu überraschen. Ganz stolz und glücklich über meinen Plan stand ich mäuschenstill hinter der Glastür des Alkovens, als meine Mutter hereintrat, sich schnell bis aufs Hemd entkleidete, sich auf ein bereitstehendes Bidet setzte und sorgfältig wusch. Ich sah dabei zum erstenmal, welch einen wunderschönen Körper meine Mutter hatte. Dann stellte sie einen großen Stehspiegel, der am Fußende ihres Bettes neben ihrer Toilette stand, schräg zu ihrem Blickfeld und legte sich hin, die Augen aufmerksam nach der Tür gerichtet. Jetzt erst kam mir der Gedanke, daß ich wohl eine Ungeschicklichkeit begangen haben könnte, und ich wäre gern so weit wie möglich aus dem Alkoven weg gewesen. Ein dunkles Gefühl sagte mir, daß vor meinen Augen etwas geschehen würde, was ein junges Mädchen eigentlich nicht sehen dürfte. Ich hielt ängstlich meinen Atem an und zitterte an allen Gliedern. Da öffnete sich die Tür, und der Vater trat herein. In dem Augenblick, als die Tür sich bewegte, hielt meine Mutter die Augen geschlossen und stellte sich schlafend. Mein Vater trat an das Bett, betrachtete mit dem Ausdruck der größten Liebe die Schlafende, ging dann zur Tür zurück und schob den Riegel vor. Mir wurde immer banger, und es war mir zumute, als sollte ich in die Erde sinken, als mein Vater nun leise die Beinkleider abstreifte, so daß er unter dem Schlafrock nur noch das Hemd anhatte. Er näherte sich dem Bett wieder und hob vorsichtig die leichte Schlafdecke ab. Da sah ich zum ersten Mal einen anderen weiblichen Körper, aber ausgewachsen und in vollster Blüte, und dachte mit Beschämung an die Unreife des meinigen. In diesem Augenblick öffnete meine Mutter die Augen, als ob sie eben erst erwacht wäre, und rief mit einem langen Seufzer: »Bist Du es, geliebter Mann? Eben träumte ich von Dir. Wie schön weckst Du mich. Tausend Glückwünsche zu Deinem Geburtstag!«

»Den schönsten bringst Du mir damit, daß ich Dich überraschen konnte. Wie reizend Du heute wieder bist! Du hättest Dich nur sehen sollen!«

»Mich so zu überfallen! Du hast doch die Tür verriegelt?«

»Sei unbesorgt. Willst Du mir aber wirklich gratulieren, so sei, wie Du warst – mir ganz zugewendet. Du bist so frisch und duftig wie eine Rose.«

»Alles, was Du willst, Du Engel von einem Mann. Aber willst Du nicht lieber bis heute abend warten?«

»Da hättest Du nicht so einladend daliegen dürfen. Ich kann nicht warten. Heute morgen wollen wir alles genießen.«

Nun sank er auf ihr Gesicht nieder, und die Küsse wollten gar kein Ende nehmen. Dabei blieb seine Hand in spielender, liebkosender Bewegung. Da er mir den Rücken zukehrte, konnte ich nicht sehen, was er tat. Ich schloß aber aus den leisen Ausrufen meiner Mutter, welches außerordentliche Vergnügen sie zu empfinden schien, denn die Augen verschwammen ihr, ihre Brust zitterte, und seufzend und abgebrochen rief sie: »Wie lieb Du heute bist!«

Jedes der Worte, die dabei gesprochen wurden, ist mir unvergeßlich. Wie oft habe ich sie mir später in Gedanken wiederholt. Wieviel darüber nachgedacht. Ist es mir doch, als tönten sie mir noch jetzt in den Ohren.

Es trat jetzt eine Pause ein. Die Mutter lag regungslos mit geschlossenen Augen; der ganze Körper schien seine Spannkraft verloren zu haben. Ich war erschrocken über den Gesichtsausdruck der beiden. Das war nicht mehr mein feiner, sanfter, ernster Vater, das war nicht meine keusche, sittliche Mutter! Das waren ein paar Wesen, die keine Rücksicht mehr kannten, die, glühend und wonnetrunken, sich gegenseitig in einem mir unbekannten Genusse überboten.

Mir war der Atem bei diesem Anblick so vollständig vergangen, daß mein heftiges Herzklopfen mich fast zu ersticken drohte. Tausend Gedanken gingen mir durch den Kopf, aber noch war die Sorge, wie ich unbemerkt wieder aus dem Versteck herauskommen konnte, ohne von meinen Eltern entdeckt zu werden, die Hauptsache für mich. Lange sollte ich indessen in diesem Zustand nicht bleiben, denn was bis jetzt geschehen, war nur das Vorspiel gewesen. Ich sollte das erstemal soviel auf einmal sehen und lernen, daß ich auch später kaum einer weiteren Belehrung mehr bedurfte.

Wie gesagt, hatte sich mein Vater neben meine noch immer unbeweglich daliegende Mutter auf den Rand des Bettes gesetzt, so daß er mir das Gesicht zukehrte. Es schien ihm heiß zu werden, denn plötzlich warf er seinen Schlafrock und das Hemd ab, zog aber dann den Schlafrock wieder an. Nun sah ich mit einem Mal das, worüber ich mir nach den Erzählungen meiner Gespielinnen schon so oft den Kopf zerbrochen hatte. Mir gingen die Augen über, so starrte ich vor Aufregung und Neugier darauf hin. Wie anders war das, was ich bei Statuen und kleinen Knaben gesehen hatte! Ich erinnere mich deutlich, daß ich mich davor fürchtete und doch einen angenehmen Schauder über meinen Körper rieseln fühlte.

Nachdem die Ruhe einige Minuten gedauert hatte, nahm mein Vater die kraftlos herabhängende Hand meiner Mutter… Sie schlug die Augen auf und lächelte unbeschreiblich holdselig, richtete sich auf und hing mit so leidenschaftlichen Küssen an seinem Munde, daß ich mir selbst sagte, daß alles Bisherige nur die Einleitung zu dem gewesen sei, was noch geschehen würde…

Beide sprachen kein Wort, aber nachdem sie einige Minuten die heißesten Küsse gewechselt hatten, warfen sie das Hemd und er den Schlafrock ab. Meine Mutter legte sich dann so auf das Bett, daß sie bequem in den Spiegel sehen konnte, den sie sich zurechtgerückt hatte, ehe sie sich vor dem Eintritt meines Vaters schlafend gestellt hatte. Mein Vater konnte das nicht bemerken, denn er sah in das schöne, erregte, strahlende Gesicht meiner Mutter. Ich blickte so angestrengt auf beide hin, daß mir die Augen beinahe aus dem Kopfe fallen wollten. Ihre Lage war so, daß ich alles genau sehen konnte. Mir vergingen vor Erregung fast die Sinne. Ich armes, unwissendes Mädchen! Was verstand ich damals von dem, was meine Mutter sagte. Ihre Augen leuchteten vor Vergnügen. Sie waren immer auf den Spiegel gerichtet, in dem sie genau alle Bewegungen meines Vaters sehen konnte, und sie ergötzte sich mit großem Vergnügen an diesem Bild. Die tausend Gefühle, die mich damals bewegten, ließen mich gar nicht daran denken, daß beide Körper eigentlich wunderschön waren. Jetzt weiß ich freilich, daß solche Schönheit zu den größten Seltenheiten gehört. Ich sah nur erstaunt den Vorgang, ohne an Nebendinge zu denken. Vater sprach kein Wort, sondern handelte nur. Die Mutter dagegen stieß einzelne Worte aus – manchmal unverständliche, als raubte das Vergnügen ihr die Besinnung –, aus denen ich mir zusammenreimen konnte, was zwischen beiden vorging. Merkwürdige Gedanken fuhren mir durch den Kopf: Das war Leben und Tod zugleich. So völlig dahin konnte nur sein, wer sich selbst, sein ganzes Ich aufgegeben hatte.

Nun glaubte ich, es sei alles vorbei, und obgleich meine Sinne in einer unglaublichen, fast schmerzhaften Aufregung waren, so dachte ich doch nur daran, wie ich, ohne mich zu verraten, aus dem Schlafzimmer herauskommen könnte. Ich hatte mich aber geirrt und sollte noch mehr zu sehen bekommen.

Vor dem Bett sitzend, beugte sich meine Mutter über den Liegenden und küßte ihn auf das zärtlichste.

»Warst Du glücklich?« fragte sie schmeichelnd. Ich sah, wie aus einer stillen, scheinbar temperamentlosen, höchst ruhigen Frau eine glühende Genießerin wurde. Der Augenblick war über alle Beschreibung erregend und schön! Die kräftigen Glieder meines Vaters, die blendend weißen, runden Formen meiner Mutter… Hier schien sich das Leben in seiner Fülle, das Dasein, soweit es faßbaren Höhen zustrebt, in zwei glücklichen Menschen konzentriert zu haben.

Die beiden Wesen, für die ich bis jetzt die meiste Ehrfurcht und Liebe gefühlt, hatten mich über Dinge aufgeklärt, über die sich junge Mädchen so überaus verkehrte Gedanken machen, hatten allen Schein und alle Vorstellung beiseite geworfen, durch die sie mir bisher als ganz rein, leidenschaftslos und ehrfurchtgebietend erschienen waren; hatten mir gezeigt, daß die Welt unter der äußeren Form der Sitte und des Anstandes den Genuß und die Wollust verbirgt. Aber ich will jetzt noch nicht philosophieren, sondern erst erzählen. Zehn Minuten ungefähr mochten die beiden wie leblos unter der Decke gelegen haben, dann standen sie auf, wuschen sich, zogen sich an und verließen das Zimmer. Ich wußte, daß meine Mutter den Vater zunächst in den Raum führen würde, wo die Geburtstagsgeschenke aufgestellt waren, und dieses lag an dem Balkon, der in den Garten führte. Ich schlich mich daher einige Minuten später aus dem Schlafzimmer und lief so rasch wie möglich in den Garten, von wo aus ich die Eltern begrüßte. Wie ich dann mein Gratulationsgedicht hergesagt habe, weiß ich nicht. Mein Vater hielt meine Verwirrung für Rührung. Konnte ich doch meine Eltern nicht ansehen, weil ich den Gedanken daran nicht loswerden konnte, wie ich sie vor wenigen Minuten bei einer ganz anderen Beschäftigung beobachtet hatte. Der Vater küßte mich und die Mutter; aber welch eine andere Art von Kuß war das! So kalt, so förmlich! Auch die Mutter küßte den Vater. Aber wie hatte ich sie vorher küssen sehen! Ich war so verwirrt und verlegen, daß es endlich meinen Eltern auffiel. Ich schützte Kopfweh vor, weil ich mich nur danach sehnte, auf mein Zimmer zu kommen und allein zu sein, denn ich vermochte keinen anderen Gedanken zu fassen, als das so unerwartet Gesehene zu ergründen und möglichst selbst Versuche anzustellen. Der Kopf brannte mir wie Feuer, und das Blut jagte mir fast fühlbar durch die Adern. Meine Mutter meinte, ich sei wohl zu fest geschnürt. Das war eine willkommene Gelegenheit, mich in meinem Zimmer auskleiden zu können, und das tat ich auch mit einer solchen Eile, daß ich fast alles zerriß. Wie aber war mein unreifer Körper so wenig schön im Vergleich zu der vollendeten Schönheit meiner Mutter! Kaum rundete sich bei mir, was bei ihr üppige Formen angenommen hatte. Daß man jedoch so außer sich geraten, so alle Besinnung verlieren könne, wie ich es bei meiner Mutter gesehen hatte, das konnte ich nicht begreifen. Ich schloß daraus, daß zu solcher Wollust ein Mann gehöre, und verglich in Gedanken den Prediger mit meinem Vater: ob er sich wohl mit seinem ernsten Wesen auch nur so verstellte, wie sich offenbar mein Vater gegenüber uns verstellte? Ob er wohl auch so feurig, so wollüstig, so besinnungslos wird, wenn er sich mit seiner Frau allein befindet? Ob er sich wohl mir gegenüber auch so verhalten würde, wenn ich das täte, was meine Mutter getan hatte? In einer Stunde war ich zehn Jahre älter geworden. Schon damals war ich in allen Dingen ungemein systematisch. Ich führte Tagebuch, hielt Rechnung über meine kleinen Einnahmen und Ausgaben und schrieb alles Mögliche auf. So kam ich denn auf den Gedanken, mir erst alle Worte aufzuschreiben, die ich gehört hatte; aber vorsichtig auf einzelne Papierschnitzel, damit niemand daraus klug werden könnte. Dann dachte ich über alles nach und baute mir ein Phantasieschloß zurecht.

Erstens hatte die Mutter sich schlafend gestellt und sich so zurechtgelegt, daß der Vater das tun mußte, was sie wünschte. Das hatte sie offenbar in der Absicht getan, daß der Vater nicht merken sollte, was sie wollte. Sie war also die Verlangende, wollte aber nur als die Gewährende erscheinen. Sie hatte sich ferner den Spiegel so zurechtgerückt, daß sie durch den Anblick doppeltes Vergnügen haben mußte. Auch mir hatte das Spiegelbild mehr Vergnügen gemacht als die Wirklichkeit, weil ich Dinge ganz deutlich sah, die ich sonst nicht hätte sehen können. Aber auch das hatte sie vor dem Vater verborgen. Sie hatte ihm also nicht eingestehen wollen, daß sie mehr genoß als er. Endlich hatte sie ihn gefragt, ob er nicht bis heute abend warten wollte, während sie doch alles vorbereitet hatte, um gleich morgens zu genießen, was sie wünschte. Was bedeuteten all die merkwürdigen Worte, die sie in höchster Sinnesverwirrung gebraucht hatte, oder wohl besser: die Ausdruck der Sprache ihrer Sinnlichkeit waren? Vergebens zerbrach ich mir den Kopf, was das wohl alles bedeuten könnte. Ich mag gar nicht schreiben, welch widersinnige Erklärung ich damals fand. Bei aller gewöhnlichen Schlauheit junger Mädchen ist es erstaunlich, wie lange sie über Dinge im dunkeln tappen und wie selten sie dabei gerade auf die einfachste und natürlichste Erklärung kommen.

Das Küssen war jedenfalls nicht die Hauptsache, sondern nur eine Vorbereitung gewesen, obgleich die Mutter offenbar gerade dabei das größte Vergnügen gehabt hatte.

Kurz, es gab so viel zu denken, daß ich den ganzen Tag nicht zur Ruhe kam. Fragen wollte ich niemanden, denn da die Eltern das alles so vorsichtig verborgen hatten, so mußte es wohl etwas Unschickliches sein. Wir bekamen viel Besuch den Tag über, und am Nachmittag kam auch mein Onkel mit seiner Familie in die Stadt. Er brachte meine Tante, meine Cousine, ein zehnjähriges Mädchen, meinen Vetter von sechzehn Jahren und eine französische Gouvernante aus der Schweiz mit. Da mein Onkel am nächsten Tag noch Geschäfte in der Stadt hatte, so blieben sie die Nacht bei uns. Meine Cousine und ihre Gouvernante mußten in meinem Zimmer schlafen. Dazu wurde noch ein Bett aufgeschlagen und neben das meinige gestellt. Dort sollte Marguerite, die Gouvernante, meine Cousine aber mit mir zusammen in einem Bett schlafen. Mir wäre es lieber gewesen, wenn ich im Bett der Gouvernante hätte schlafen können, denn sie war ein sehr lebhaftes Frauenzimmer, achtundzwanzig Jahre alt und nie um eine Antwort verlegen. Von ihr hätte ich vielleicht eine Belehrung erhalten können, obgleich ich nicht wußte, wie ich es anfangen sollte, sie zu fragen, da sie doch eine Erzieherin war und meine kleine Cousine sehr streng hielt. Aber ich dachte mir, die Vertraulichkeit des Zusammenliegens in einem Bett würde schon eine Gelegenheit herbeiführen, und machte tausend Pläne. Als die Zeit zum Zubettgehen herangekommen war, fand ich Marguerite schon in unserem Schlafzimmer vor. Sie hatte eine spanische Wand zwischen die beiden Betten geschoben, so daß die Schlafenden vollkommen voneinander getrennt waren. Sorgfältig brachte sie uns beide zu Bett, ließ uns unser Nachtgebet hersagen, nahm dann die Lampe auf ihre Seite mit hinüber, wünschte uns Gute Nacht und ermahnte uns, bald einzuschlafen. Das hätte sie bei meiner Cousine gar nicht nötig gehabt, denn kaum unter der Decke, war sie auch schon eingeschlafen; bei mir aber war von Schlafen gar keine Rede. Allerlei Gedanken gingen mir im Kopf herum. Ich hörte Marguerite noch einige Zeit herumwirtschaften, sich dann ausziehen und das Nachtkleid anlegen. Ein schwacher Lichtschein durch die spanische Wand zeigte mir eine kleine, kaum einen Stecknadelkopf große Öffnung, und schnell hatte ich eine Haarnadel zur Hand, um das Loch unbemerkt größer zu machen, so daß ich mich im Bett nur etwas hinabzuschieben brauchte, um ganz bequem zu Marguerite hinüberzusehen zu können. Sie hatte eben das Hemd ausgezogen, um das Nachthemd anzuziehen.

Ich sah freilich keinen so schönen Körper wie den meiner Mutter, aber eine kleine, sehr wohlgeformte Brust und geschlossene Schenkel. Ich hatte kaum eine Sekunde Zeit für das Beschauen, denn rasch warf sie das Nachthemd über, setzte eine Haube auf und holte aus ihrem Reisesack ein Buch, mit dem sie sich an einen Tisch gegenüber dem Bett setzte und zu lesen begann.

Kaum aber hatte sie einige Minuten gelesen, als sie aufstand, die Lampe nahm und auf unsere Seite kam, um nachzusehen, ob wir auch schliefen. Natürlich schloß ich die Augen so fest wie möglich und öffnete sie erst wieder, als ich hörte, daß sich die Erzieherin jenseits der spanischen Wand auf den Stuhl setzte. Gleich war mein Auge wieder an der Öffnung. Marguerite las mit größter Aufmerksamkeit in dem Buch, Sein Inhalt mußte etwas ganz Besonderes sein, denn ihre Wangen röteten sich, ihre Augen glänzten, die Brust hob sich unruhig, und plötzlich ließ sie die rechte Hand unter das Hemd gleiten. Jetzt schien sie noch eifriger, mit noch größerem Vergnügen zu lesen. Allzuviel konnte ich freilich nicht sehen, aber ich reimte mir das heute morgen Gesehene damit zusammen. Nun holte sie aus der Reisetasche ein Paket Wäsche hervor, wickelte es auf und hatte plötzlich ein sonderbares Instrument in der Hand. Ich armes Ding, was wußte ich damals von einem Godemiché!

Mir quollen vom anstrengenden Sehen fast die Augen aus dem Kopf. Nun nahm Marguerite das Buch wieder in die linke Hand – beim Aufnehmen hatte ich bunte Bilder darin entdeckt, ohne erkennen zu können, was sie darstellten – , das Instrument in die Rechte und vollführte, was ansonsten dem Mann vorbehalten ist. Ihre Augen nahmen einen immer sonderbarer werdenden Glanz an. Den Inhalt des Buchs mit seinen Bildern schien sie verschlingen zu wollen, bis sie das Buch fallen ließ und die Augen schloß. Ihr Körper vollführte ekstatische Bewegungen. Sie kniff die Lippen gewaltsam zusammen, als fürchte sie, sich durch einen Seufzer zu verraten. Der höchste Moment schien gekommen; sie lag regungslos, aber tief atmend auf dem Stuhl. Ich rührte mich immer noch nicht. Endlich packte Marguerite Buch und Instrument sorgfältig ein, kam darauf noch einmal mit der Lampe an unser Bett, um zu sehen, ob wir schliefen, und legte sich dann selbst zur Ruhe mit einem so glücklichen Gesicht, als sei ihr das Höchste widerfahren, das es auf der Welt gibt. Während sie ins Bett stieg, schob auch ich mich zurecht und freute mich, nun eine Gelegenheit für die Lösung all der Rätsel gefunden zu haben, die sich unruhig in meinem kleinen Kopfe tummelten.

Worauf doch die Menschen in ihrer Triebhaftigkeit verfielen – oder war es sexuelle Not, die sie erfinderisch machte? Einen Phallos nachzuahmen...! Jetzt, nachdem ich die Augen geschlossen hatte und die Bilder der vergangenen Minuten wieder an mir vorüberziehen ließ, erschien mir der Godemiché als Ausbund der Verirrungen, dem das Sinnliche ebenso anhaftete wie die Tragik, die sich vom Menschlichen her dahinter verbarg. So jedenfalls empfand ich damals diesen Akt zunächst, ohne den Vorgang wie heute in Worte fassen zu können. Dann wieder schlich sich ein Gefühl in mein Denken, das tragikomische Akzente hatte. Das Sinnliche, Aufreizende aber überwog.

Ich war außer mir und fest entschlossen, Marguerite dazu zu bringen, mir zu beichten, mich aufzuklären, mir zu helfen. Tausend Pläne durchkreuzten meinen Kopf. Wie ich sie ausführte, soll mein zweiter Brief Ihnen sagen. War ich nicht aufrichtig?

2. Brief

Marguerite also war meine Hoffnung. Gern wäre ich gleich zu ihr hinübergeeilt, hätte mich zu ihr ins Bett gedrängt, hätte gebeten oder gedroht, bis sie mich vollständig über all die seltsamen, verbotenen und aufregenden Dinge aufgeklärt hätte, die ich heute gesehen hatte; bis sie mich gelehrt, das nachzuahmen, was mich so unbeschreiblich lüstern gemacht hatte. Aber so jung ich war, hatte ich doch bereits denselben Verstand und dieselbe vorsichtige Berechnung, die mich später vor so vielen Unannehmlichkeiten bewahrt haben. – Konnte ich nicht durch irgendeinen Zufall ebenso belauscht werden, wie ich Marguerite und wie ich meine Eltern gesehen hatte? Ich empfand, daß es sich um Unerlaubtes handelte, und wollte ganz sicher sein. Obwohl ich ganz Feuer war, meine Gedanken ausschweiften, und mein Körper prickelte und zuckte, verhielt ich mich ruhig und zwang mich, zu überlegen. Als ich den Plan gefaßt hatte, meinen Onkel aufs Land zu begleiten, weil ich dort Gelegenheit finden würde, mit Marguerite ganz allein und unbelauscht zu sein, schlief ich ein. Es wurde mir nicht schwer, bei meinem Onkel und den Eltern meine Absichten durchzusetzen, und ich erhielt die Erlaubnis, acht Tage auf dem Lande zu verbringen. Das Gut meines Onkels lag nur wenige Meilen von der Stadt entfernt, und nach dem Mittagessen fuhren wir hinaus. Den ganzen Tag über war ich liebenswürdig und zuvorkommend gewesen, und auch Marguerite schien großen Gefallen an mir zu finden. Meine kleine Cousine war mir gleichgültig, und vor meinem Vetter fühlte ich eine unerklärliche Scheu. Da ich sonst keinen jungen Mann kannte, mit dem ich so nah und so unverdächtig hätte zusammenkommen können wie mit ihm, war er mein erster Gedanke gewesen, um über all die Rätsel aufgeklärt zu werden, die mich seit meinem Versteck im Alkoven quälten. Ich war gegen ihn so freundlich und auffordernd wie möglich gewesen, er war mir aber immer scheu ausgewichen. Bleich und mager, hatten seine Augen einen ganz sonderbaren, unsteten und trüben Ausdruck, und wenn ich ihn neckend berührte, schien ihm das unangenehm zu sein. Ich sollte bald den Grund dieser auffallenden Erscheinung kennenlernen, die ich um so weniger begriff, als ich immer gesehen hatte, daß Jünglinge seines Alters sich zur Gesellschaft junger Mädchen hin drängen. Es war gegen acht Uhr abends, als wir auf dem Gut ankamen, hoher Sommer und sehr heiß. Von der Fahrt ermüdet, eilte alles, sich bequemer zu kleiden. Es wurde Tee getrunken, und ganz unbefangen scheinend sorgte ich dafür, daß ich in das Schlafzimmer der Gouvernante gebettet wurde, weil ich vorgab, mich zu fürchten, wenn ich in einem fremden Zimmer allein schlafen solle. Man fand das ganz natürlich. Damit hatte ich meinen Willen durchgesetzt, so daß ich das übrige getrost meiner Schlauheit überlassen konnte. Ich sollte indessen nicht zu Bett kommen, ehe ich nicht noch eine andere Erfahrung gemacht hatte, an die ich aber jetzt beim Niederschreiben nur mit Widerwillen zurückdenke, wenn sie auch damals einen Eindruck ganz anderer Art in mir hervorrief. Nach dem Tee fühlte ich die Notwendigkeit, ein natürliches Bedürfnis zu befriedigen, und die Gouvernante wies mich an den dafür bestimmten Ort.

Es waren zwei Türen nebeneinander, die beiden Gemächer jedoch nur durch eine Bretterwand getrennt, die von der Hitze so ausgetrocknet war, daß einige der Fugen auseinanderklafften. Eben wollte ich wieder gehen, als ich jemand kommen hörte, der die Tür neben mir aufmachte und sogleich hinter sich verriegelte. Ich hielt mich mäuschenstill, um nicht bemerkt zu werden; ich wollte meinen unbekannten Nachbarn erst wieder fortgehen lassen, ehe ich mich entfernte. Nur aus ganz gewöhnlicher Neugier, ohne alle Nebengedanken, lugte ich durch eine Spalte und sah meinen Vetter, der sich entblößt hatte, aber völlig anders beschäftigt war, als ich erwartet hatte. So wenig mein unreifer Körper eines Vergleichs mit dem meiner Mutter würdig war, so wenig war es der meines Vetters mit meines Vaters Gestalt. Seine matten Augen nahmen nach und nach einen merkwürdigen Glanz an, dann sah ich ihn in Zuckungen geraten, sah seine Lippen beben und ihn endlich vornübersinken. Obgleich ich durch dieses sonderbare Schauspiel über vieles aufgeklärt worden war – namentlich reimte ich mir nun alles zusammen, was meine Eltern in ekstatischem Überschwang gesprochen hatten – , so war mir doch das, was ich hatte sehen müssen, unbeschreiblich widerwärtig – nicht während seines Verlaufs, denn da waren Neugier und erwachende Sinnlichkeit mit im Spiel gewesen. Aber jetzt, wo ich diese vollkommene Schlaffheit und Entkräftung eines noch so jungen Mannes sah, wo ich Zeuge sein mußte, wie er stier und gläsern aus den Augen blickte... Mein Vater und meine Mutter waren schön geworden, als sie die Erfüllung ihrer Zweisamkeit auskosteten. Mein Vetter aber häßlich, fahl und zerknickt. Daß Marguerite so etwas trieb, begriff ich, denn ein Mädchen ist überall auf Heimlichkeiten angewiesen, wenn es sich um Gefühl und Genuß handelt. Und sie hatte sich dem mit einer wahren Begeisterung, mit äußerster Heftigkeit und vollster Hingabe überlassen. Mein Vetter dagegen ohne alle Poesie, matt und tierisch. Was konnte einen kräftigen, jungen Mann dazu veranlassen, ein so elendes Vergnügen zu genießen? Ich wußte nun vieles und schloß daraus auf anderes, daß es nur noch der Bestätigung durch Marguerite bedurfte, um ganz aufgeklärt zu sein. Diese Bestätigung wollte und mußte ich haben, wollte wissen, weshalb man diese Dinge so sorgfältig verbirgt, wollte erfahren, was davon gefährlich, was erlaubt sei, und wollte an mir selbst erkennen, worin diese Verzückungen bestünden, von denen ich schon so viel gesehen hatte. Der Abend kam, und mit ihm zog ein schweres Gewitter herauf. Gegen zehn Uhr, als die ersten Blitze leuchteten, gingen wir zu Bett. Meine kleine Cousine war in das Schlafzimmer ihrer Eltern gebettet worden; so war ich mit Marguerite ganz allein. Mit größter Aufmerksamkeit beobachtete ich alles, was sie tat. Als sie die Tür verriegelt hatte, machte sie es sich erst bequem und packte dann sämtliche Sachen aus ihrer bis dahin verschlossenen Reisetasche in Kommoden und Schränke. Das bewußte Bündel sah ich zum Vorschein kommen, welches sie sorgfältig unter einen Stoß Wäsche legte. Auch das Buch, in dem sie gelesen hatte, verbarg sie dort. Sogleich war ich entschlossen, während der Zeit, die ich auf dem Gute bleiben würde, dieser Sachen habhaft zu werden und sie mir so aufmerksam wie möglich zu besehen. Beichten sollte mir Marguerite aber auch, ohne daß ich ihr mit der Entdeckung ihrer heimlichen Freuden drohte. Meine natürliche Schlauheit gefiel sich in dem Gedanken, sie durch Überraschung, Bitten und Überreden so zu bestricken, daß sich alles wie zufällig von selbst ergab. So schien es mir hübscher und versprach meiner Neugier ein größeres Vergnügen. Das Gewitter hatte unterdessen seinen Höhepunkt erreicht, der Donner rollte fast unaufhörlich. Ich stellte mich sehr ängstlich, und kaum hatte sich Marguerite ins Bett gelegt, als ich bei einem heftigen Donnerschlag aus dem meinen sprang und unter Ausrufen der größten Furcht mich zu ihr flüchtete. Ich bat sie, mich doch bei sich aufzunehmen, weil meine Mutter das bei jedem Gewitter auch getan hätte. Mit allerlei Trost und beruhigendem Zuspruch zog sie mich neben sich, ich umklammerte sie und drückte mich so fest wie möglich an sie, als wollte ich mich bei jedem Blitz in sie hineinverstecken. Alles mögliche zu meiner Beruhigung anwendend, küßte, streichelte und drückte sie mich an sich – jedoch gleichgültig und nicht, wie ich es eigentlich wünschte, so daß ich nun doch nicht recht wußte, wie ich es anfangen sollte, mehr von ihr zu erlangen.

Die Wärme ihres Körpers bereitete mir ein unbeschreibliches Vergnügen, und ich drückte mein Gesicht fortwährend zwischen ihre Brüste, wobei ich jedesmal einen eigentümlichen Schauer meine Glieder hinabrieseln fühlte. Dahin zu greifen, wo ich eigentlich wollte, getraute ich mich aber nicht; so fest ich auch zu allem entschlossen gewesen war, so hatte ich doch jetzt, wo ich der Erfüllung so nahe war, keinen Mut. Plötzlich kam mir der Einfall, über einen Schmerz zwischen meinen Schenkeln zu klagen. Ich wimmerte und erklärte, daß ich nicht wüßte, was das sein könnte, bis Marguerite dahin tastete und ich ihre Hand bald hierhin, bald dorthin schob. Ich versicherte, der Schmerz ließe nach, sobald ich nur die Wärme ihrer Hand fühlte, und wenn sie streichele, so höre das schmerzliche Gefühl vollkommen auf. Ich sagte das so unbefangen, daß sie damals gewiß noch nichts von meiner Absicht gemerkt hatte. Ihre Bemühungen waren auch nur dienstfertig, ohne irgendein Mitgefühl zu verraten.

Als ich sie aber vor Dankbarkeit küßte, mich immer enger an sie schmiegte und ihre Hand zwischen meine Schenkel drückte, merkte ich, daß sich auch in ihr Gefühle zu regen begannen... Ich empfand ganz deutlich, daß bei ihr dieselben Begierden erwachten, die mich zu ihr geführt hatten, hütete mich aber sehr wohl, dies zu erkennen zu geben. Und wirklich war es etwas ganz anderes, eine fremde Hand zu fühlen, als die eigene. Eine wunderbare Wärme ergoß sich über meinen Körper, und als sie mich an einer bestimmten Stelle berührte, durchzuckte es mich so angenehm, daß ich sofort erklärte: da sitze der Schmerz, und da müsse ich mich wohl erkältet haben, daß es mir so weh tue. Offenbar machte es ihr Vergnügen, einen Vorwand dafür zu haben, mit der Hand die Erkältung vertreiben zu können … Unzweifelhaft regte sie das auf, und ich merkte an ihrer wachsenden Zärtlichkeit, an der Art, wie sie mich an sich preßte, daß ich meinen Zweck erreicht hatte. So wenig geistreich das Mittel auch war, klagte sie plötzlich an der gleichen Stelle über Schmerzen. Wahrscheinlich hatte sie sich nun ebenfalls »erkältet«. Ich bot ihr also treuherzig an, den schmerzhaften Fleck meinerseits zu wärmen, da mir das so vollkommen geholfen habe. Sie machte mir freie Bahn. Innerlich triumphierend, daß ich mit meiner List erreicht hatte, was ich gewünscht, faßte ich schüchtern und ungeschickt, um mich nicht zu verraten, an den Gegenstand meiner Neugier und fand schon bei der Berührung einen großen Unterschied zwischen ihr und mir …

Marguerite kam seufzend, küssend und zitternd in heftige Bewegung. Sie stieß heftige, unartikulierte Laute aus. Gleich darauf hörten ihre Bewegungen auf, und sie lag, schweratmend, still neben mir. Zufall und Schlauheit hatten mir geholfen, eine Vertraulichkeit herzustellen, die ich nun jedenfalls weiterführen wollte. Als sie wieder zu sich kam, war sie offenbar verlegen, wie sie mir ihr Benehmen erklären, ihre Wollust verbergen sollte. Auch ich überlegte, was nun das beste sei: ob ich mich unwissend stellen oder die Neugier meine Entschuldigung übernehmen lassen sollte. Tat ich das erstere, so konnte sie mir Falsches erzählen, mir irgend etwas aufbinden, was ich dann glauben mußte, wenn ich nicht verraten wollte, noch, mehr Lust als Neugier für die Sache zu haben. So entschloß ich mich, offen zu sein und nur zu verheimlichen, daß keineswegs der Zufall, sondern meine Berechnung die neue Lage herbeigeführt hatte, in der wir uns befanden. Als Marguerite völlig zu sich gekommen war, schien sie zu bereuen, daß sie sich so ganz ihrem Temperament überlassen hatte, und daß ich sie verraten könnte. Ich beruhigte sie aber bald, indem ich ihr nach und nach erzählte, was mir seit dem Tage vorher begegnet war, und sie bat, mir zu erklären, was das eigentlich sei, da auch ihr Seufzen und ihre Bewegungen mir bewiesen hätten, daß sie sehr wohl damit bekannt sei. Nur verschwieg ich ihr, daß ich sie belauscht hatte, und daß ich recht gut wußte, was sie im stillen trieb, weil ich mich überzeugen wollte, ob sie ganz aufrichtig gegen mich sein würde. Meine neugierigen Fragen schienen ihr eine schwere Last vom Herzen zu nehmen. Sie fühlte sich wieder im richtigen Verhältnis als älteres Mädchen gegen eine Unerfahrene, und da ich ihr alles gestand und umständlich erzählte, mit welcher Leidenschaft sich meine Mutter benommen hatte, so schämte sie sich auch nicht mehr vor mir und gestand mir ein, daß sie nächst ihrer Religion nichts Wichtigeres und Schöneres kenne, als den Genuß, mit dem die Natur alles ausgestattet und umgeben habe, was die sinnliche Liebe betrifft.

Ich erfuhr nun alles, und wenn Sie in meinen späteren Betrachtungen einige Philosophie und Menschenkenntnis finden, so verdanke ich die erste Grundlage dazu der Belehrung durch meine liebe Marguerite, die gerade in der Beziehung reiche Erfahrungen gesammelt hatte.

Ich erfuhr genau, wie die Natur beide Geschlechter gestaltet hat, wie die Vereinigung geschieht, durch welche kostbaren Säfte der Zweck der Natur einerseits: nämlich die Fortpflanzung des Menschengeschlechtes, und andererseits der Zweck der Menschen selbst: das höchste irdische Vergnügen, erreicht wird. Ich erfuhr, warum die menschlichen Einrichtungen all diese Dinge mit einem sorgfältigen Geheimnis umgeben; wie trotz der Gefahr, die in der unbeschränkten Vereinigung liegt, beide Geschlechter sich wenigstens eine annähernde Befriedigung ihres natürlichen Triebes verschaffen können, und welche Folgen es hat, wenn ein Mädchen sich rückhaltlos diesem Trieb überlassen wollte. Wozu ich ihr eben noch verholfen und was ich bei meinem Vetter erlauscht hatte, sei eine solche, annähernde Befriedigung gewesen. Aber obwohl sie die vollen Freuden der Liebe in den Armen eines jungen, schönen Mannes in ihrer ganzen Stärke kennengelernt habe, so sei sie doch mit dem beschränkten Genuß durch sich selbst vollkommen zufrieden, da sie durch die Geburt eines Kindes die für eine Unverheiratete traurigen Folgen der ganzen Hingebung an einen Mann erkannt habe. Auch mich warnte sie auf das eindringlichste davor. Mit Vorsicht und Selbstbeherrschung könne man vieler Freuden teilhaftig werden, was sie mir durch die Erzählung dessen, was sie selbst erlebt und erfahren hatte, bewies. Es war alles so interessant, zugleich aber auch so belehrend und für mich bis zu meinem dreißigsten Jahre so maßgebend, daß ihre Erzählungen in meinem nächsten Brief eine ausführliche Wiedergabe finden sollen. In vielen Dingen sagte Marguerite mir nur, was ich mir selbst schon zusammengereimt hatte; in anderen aber doch Neues und Überraschendes. Das alles war nun recht schön und gut, aber es war doch immer noch nicht die Sache selbst. Ich brannte nun auch darauf, die Empfindungen selbst kennenzulernen und zu teilen, von denen ich jetzt bereits vier so ganz verschiedene Menschen bis zur Ohnmacht berauscht gesehen hatte. Sie schilderte mir, was sie empfunden, als sie sich zum erstenmal dem jungen Manne hingegeben hatte, der sie später durch fortgesetzten Umgang zur Mutter gemacht habe, machte mir deutlich, welch ein himmlisches Gefühl es sei, wenn man jene wunderbare Kraft und ihr Feuer fühle, wenn man fast ineinander verschmelze, und wenn endlich jene beruhigende Erlösung aus dem tiefsten Innern beider Liebenden komme...

Das Gespräch hatte uns erhitzt. Den Worten folgten Handlungen. Alle Sinne konzentrierten sich nur noch auf den einen Moment. Wie selten habe ich das später erlebt. Marguerites Lebensglut schoß über mich hin, daß ich alle Besinnung verlor... Als ich wieder zu mir kam, lag ich, vorsichtig zugedeckt, neben Marguerite, die mich mit rührender Zärtlichkeit liebkoste. Bis dahin nur Feuer und wildes Verlangen, war ich mir plötzlich bewußt, wohl doch etwas Unanständiges getan zu haben. Eine außerordentliche Mattigkeit lag in meinen Gliedern. Mir war zumute, als hätte ich ein Verbrechen begangen, und ohne, daß ich es wollte, fing ich bitterlich zu weinen an. Marguerite mochte wohl wissen, daß in solchen Fällen nicht viel mit einem jungen, unerfahrenen Ding anzufangen ist, sagte kein Wort, drückte mein Gesicht an ihren Busen, ließ mich ruhig ausweinen und dann einschlafen.

Durch diese für mein Leben so entscheidende Nacht war mein ganzes Wesen so verändert worden, daß es meinen Eltern bei meiner Rückkehr in die Stadt auffiel und sie verwundert nach der Veranlassung fragten. Mein Verhältnis zu Marguerite war ebenfalls eigentümlich geworden. Bei Tage fremd, so daß wir uns kaum gegenseitig ansahen, und bei Nacht die ausgelassenste Vertraulichkeit, die intimsten Gespräche, die wollüstigsten Liebkosungen. Ich mußte ihr hoch und teuer versprechen, mich nie verführen zu lassen, als ich ihr erklärte, ich wolle alles genießen, was sich ohne Gefahr genießen ließe. Wenige Tage hatten ausgereicht, mich zu dem zu machen, was ich jetzt noch bin, und was Sie so oft an mir bewundert haben. Ich hatte gesehen, daß alle Welt um mich her sich verstellte, auch die besten, achtungswertesten Menschen. Teils weil ich Marguerite nicht in Verlegenheit bringen wollte, teils weil mich der Gedanke reizte, meiner Schlauheit mehr als dem guten Willen anderer zu verdanken, ließ mich meine unbezähmbare Neugier auf die Idee kommen, den Schlüssel zu dem Schrank, in dem Marguerite ihr »Geheimnis« aufbewahrte, in meine Gewalt zu bekommen, ehe ich in die Stadt zurück mußte.

Fünf Tage lang war all meine List vergebens, dann aber gelang es mir, den Schlüssel zu erhaschen. Ich benutzte die Stunde, in der Marguerite meiner Cousine in Gegenwart der Mutter Unterricht geben mußte, um meine Neugier zu befriedigen. Da hatte ich nun das seltsame Ding in der Hand, besah und befühlte es von allen Seiten und prüfte seine Elastizität, aber es war so kalt, so hart, und – als ich es anwendete – bewirkte es keine Spur von einem so angenehmen Gefühl, wie Marguerite es mir verschafft hatte. Vollkommen enttäuscht schloß ich das Instrument wieder in sein Versteck ein. Und dabei war ich unzufrieden mit mir und Marguerite, daß sie mir nicht geholfen, und daß ich etwas hinter ihrem Rücken getan hatte. Nach so vielen angenehmen Erfahrungen war dies eine unangenehme. Ich fürchtete mich vor der nächsten Nacht, vor Marguerites Zärtlichkeiten und der Entdeckung, die sie dann machen mußte. Doch hatte ich sie schon einmal getäuscht, so kostete mich das zweite Mal desto weniger Überwindung. Rasch war ich mit einem Vorwand bei der Hand. Nach Tisch vertraute ich ihr an, daß ich im Garten von einer Leiter gefallen sei und mir beim Ausgleiten sehr weh getan, sogar geblutet hätte. Beim Zubettgehen untersuchte sie mich. Und weit entfernt, die Veranlassung zu ahnen, bestätigte sie mir, daß jener unglückliche Fall mich um meine Jungfrauenschaft gebracht habe; jedoch bedauerte sie nicht mich, sondern meinen künftigen Mann, der dadurch um den Genuß gebracht sei. Das aber war mir damals gleichgültig und ist mir auch später gleichgültig geblieben. Aus Schonung für mich litt Marguerite nicht, daß ich in dieser Nacht zu ihr ins Bett kam, was mir nur willkommen war.

Für die kurze Entbehrung entschädigten mich aber die beiden letzten Nächte, die ich auf dem Gut meines Onkels zubrachte, desto vollständiger. Zum ersten Mal lernte ich die ganze Gewalt der Wollust kennen und die Befriedigung, die sich in einem langen, unbeschreiblich süßen Ermatten kundtat. Und das alles schon mit vierzehn Jahren, bei noch unvollkommen reifem Körper! Ja, und was noch mehr ist, es hat mir weder an der Gesundheit geschadet, noch an meinem späteren, recht genußreichen Leben irgendeinen Reiz fehlen lassen. Dazu gehört nun allerdings ein so früh entwickelter und so fester Charakter wie der meinige. An meinem Vetter hatte ich die Erschlaffung kennen und fürchten gelernt, die einem zu häufigen Selbstgenuß folgt. Mein scharfer Verstand ließ mich jedes Übermaß vermeiden. Immer berechnete ich die Folgen, die entstehen konnten, und nur einmal in meinem Leben haben mich Besinnung und Überlegung verlassen.

Schon früh wurde mir die Erkenntnis, daß es nach den Gesetzen, die sich die menschliche Gesellschaft nun einmal gegeben hat, nur darauf ankommt, mit Vorsicht zu genießen, wenn man ohne Nachteil für sich und andere genießen will. Wer mit starrem Kopf gegen die bestehenden Gesetze anstürmen will, zerschellt an ihnen und erntet lange Reue für kurze Befriedigung. Das Glück führte mich allerdings bei meinen ersten Schritten in die Hände eines erfahrenen und gebildeten Mädchens. Hätte ein junger Mann in meiner Nähe gelebt, der sich um mich bemüht hätte, und dem die Gelegenheit günstig gewesen wäre, so würde ich, bei meinem Temperament und meiner Neugier, wahrscheinlich sehr bald ein verlorenes Geschöpf gewesen sein. Daß ich es nicht wurde, verdanke ich den Umständen, unter denen ich die erste Belehrung über Dinge erhielt, die sehr viel weniger reizend wären, wenn sie nicht verschleiert würden. Und doch sind sie der Mittelpunkt alles menschlichen Strebens und Seins! Das weiß ich jetzt, während ich es damals nur fühlte und mit dem Takte, den wir Frauen nun einmal vor den Männern voraus haben, richtig einschätzte.

Ehe ich mit meinem nächsten Brief beginne, möchte ich nur noch bemerken, daß ich wenige Wochen nach meiner Bekanntschaft mit Marguerite zum ersten Male die Zeichen eines vollständig entwickelten Körpers an mir sah.

3. Brief

Selten mögen zwei weibliche Wesen in ihrer Entwicklung, in ihren Neigungen und sogar in ihren Schicksalen sich so ähnlich gewesen sein, wie Marguerite und ich! Als sie mich damals vor der unbegrenzten Hingabe an einen Mann, es sei denn in der Ehe, warnte und mir eindringlich die Folgen schilderte, die ein solches Sich-Vergessen oft für das ganze Lebensglück eines Mädchens habe, dachte ich freilich nicht, daß auch für mich einst ein solcher Augenblick des Vergessens kommen würde. Ehe ich aber fortfahre,, möchte ich berichten, was ich sowohl in jenen ersten Nächten auf dem Gut meines Onkels als auch späterhin im vertrauten Umgang mit Marguerite erfuhr. Es erklärt vielleicht besser, als ich es selbst vermag, so manche Erscheinung – vielleicht Verirrung – meines späteren Lebens. In Lausanne geboren und sehr gut erzogen, verwaiste Marguerite schon mit siebzehn Jahren. Im Besitz eines kleinen Vermögens glaubte sie sich bei mäßigen Ansprüchen gesichert, hatte aber das Unglück, in die Hände eines gewissenlosen Vormundes zu fallen, der sie nicht allein mit der größten Strenge behandelte, sondern sie später auch um ihr kleines Kapital brachte. Bald nach dem Tode ihrer Eltern verdingte der Vormund sie in die Dienste einer sehr reichen Baronin aus Wien, die in einem schönen Landhause bei Morges am Genfer See lebte. Ihre Aufgabe beschränkte sich fast ausschließlich auf die Toilette der Baronin, die sie mir als die eleganteste und raffinierteste Frau schilderte. Stundenlang brachte ihre ungefähr dreißigjährige Herrin dabei zu. In den ersten Tagen ihres Dienstes fühlte sich Marguerite etwas fremd behandelt; nach und nach aber gestaltete sich das Verhältnis sehr angenehm. Die Baronin fragte sie nach allen Richtungen hin aus, auch danach, ob sie schon einen Liebhaber gehabt habe; und als sie sich überzeugt hatte, daß Marguerite noch ganz unschuldig war, wurde sie vertraulicher. Marguerite beschrieb mir auf das ausführlichste, ja mit einer gewissen Verliebtheit die Formen ihrer Baronin und gestand mir, daß sie anfangs zwar sehr verschämt bei allen körperlichen Verrichtungen gewesen sei, sich aber nach einigen Wiederholungen darauf gefreut habe, namentlich als sie bemerkte, daß diese Toilette ein Vergnügen für die Baronin war...

Natürlich versuchte Marguerite, als sie auf ihrem Zimmer allein war, an sich selbst zu wiederholen, was die Baronin sie lehrte. Schlau, wie jedes Mädchen in diesen Jahren und in diesem Punkte, ahnte sie, daß wohl auch die Baronin mehr wünschte, als die bloße Einleitung, aber es nicht von ihr verlangen wollte.

Sie sollte sich bald überzeugen, daß, wo Lust von beiden Seiten vorhanden und die Gelegenheit günstig ist, die Verständigung endlich erfolgen muß. Und doch fand mehrere Wochen lang ein gegenseitiges Täuschen und Verheimlichen des Wunsches statt. Jede wollte, daß die andere den ersten Schritt tun sollte, jede wollte die Überredete sein. Die Baronin warf schließlich jede Maske der Zurückhaltung ab und zeigte sich als das, was sie war: ein lüsternes, begehrliches, wollüstiges Weib, von quälenden Fesseln eingeengt, aber entschlossen, sich auf jede mögliche Art des Zwanges zu entledigen. Sie war mit einem Mann verheiratet, der, früh vom Leben entnervt, nur in den ersten Jahren der Ehe ihr gegenüber ein wirklicher Mann gewesen war. Aber selbst in dieser Zeit hatte er wohl Begierden erwecken, sie aber nicht befriedigen können. Wie bei vielen, vielleicht bei den meisten Frauen, hatte sich das Gefühl bei den Freuden der Liebe erst spät eingefunden. War es körperliche Schwäche oder Folge früheren, ausschweifenden Genusses bei ihm – kurz, er hatte gewöhnlich geendet, ehe sie begonnen, so daß eine verzehrende Sehnsucht bei ihr an die Stelle der natürlichen Befriedigung trat. Schon seit zwei Jahren lebte er in einer diplomatischen Stellung in Paris und hatte seine Frau, wahrscheinlich in dem Gefühl der endlich eingetretenen, vollständigen Unfähigkeit, an den Genfer See gebracht, wo sie höchst elegant und glänzend, jedoch sehr einsam lebte. Marguerite bemerkte sehr wohl, daß eine Art von Haushofmeister, ein alter, verdrießlicher Mann, als Aufpasser angestellt war, der alles, was er sah und hörte, nach Paris berichten mußte.

An den Familienverhältnissen der Baronin mußte es wohl liegen, daß sie mit äußerster Sorgfalt jeden männlichen Umgang mied, so daß niemand im Hause oder in der Nachbarschaft etwas von dem ahnte, was Marguerite später von den geheimen Genüssen ihrer Herrin erfuhr. Anfangs schien es, als würden dieser die Vertraulichkeiten mit ihrer Gesellschafterin vollkommen genügen. Als beide aber keine Scheu mehr voreinander hatten, fanden entweder morgens beim Aufstehen oder abends beim Zubettgehen die ausgelassensten Szenen zwischen der Frau und dem Mädchen, zwischen der Herrin und der Dienerin statt, ohne daß während des Tages die erstere das geringste ihrer Stellung gegen die letztere vergab. Waren die Spielereien zuerst nur einseitig gewesen, so wurden sie bald gegenseitig. Marguerite mußte völlig entkleidet zu ihr ins Bett kommen, und sie brauchte mir nicht zu erzählen, was sie trieben; hatte ich es doch selbst an mir erfahren. Nur hatte sie damals meine Rolle gespielt. Die Baronin war unerschöpflich in neuen Erfindungen und wußte den Berührungen zweier weiblicher Körper immer neue Reize abzugewinnen. Marguerite schilderte mir diese Zeit als die glücklichste, sorgenloseste und genußreichste ihres Lebens. Wöchentlich einmal fuhr die Baronin nach Genf, um dort Besuche und Einkäufe zu machen. Jedesmal ging der Haushofmeister mit, und auch Marguerite wurde, als sich jenes vertrauliche Verhältnis erst gefestigt hatte, mitgenommen. In einem der ersten Hotels hatte der Haushofmeister ein Abkommen mit dem Wirt treffen müssen, so daß die Baronin immer die gleichen Zimmer erhielt. Ein Schlaf-und Wohnzimmer für sie, daneben ein kleines Zimmer für Marguerite, und neben diesem eines für den Haushofmeister. Aus jedem dieser Zimmer ging eine Tür auf den Korridor; die Verbindungstüren zwischen den beiden Zimmern selbst waren verschlossen und ein Möbel davorgestellt. Kaum hatte Marguerite nun einige Male diese Reisen nach Genf mitgemacht, so bemerkte sie auch, daß dort etwas vorging, was die Baronin ihr verheimlichte. Erstens fand weder abends noch morgens eine Toilette in gewohnter Art, noch irgendeine weibliche Vertraulichkeit statt; zweitens war die Baronin sonderbar ängstlich und unruhig, und drittens bemerkte sie an dem Bett und an dem Nachtkleid der Baronin deutliche Zeichen, daß diese in der Nacht nicht allein gewesen war und nicht geschlafen haben konnte. Das Bett war in ganz ungewöhnlicher Unordnung, und die Stühle standen anders, als sie am Abend vorher gestanden hatten. Eifersüchtig bewachte Marguerite jeden Schritt ihrer Herrin, jeden Brief, der ankam, jede Botschaft, die gebracht wurde, jeden Besuch, der erschien, – aber nichts war zu entdecken. Und doch mehrten sich mit jeder Reise die Anzeichen, daß die Baronin in der Nacht nicht allein war! Vergebens horchte Marguerite von ihrem Zimmer aus, ob sie etwas wahrnehmen könne. Die Baronin verschloß nicht nur die Tür des Wohnzimmers nach dem Korridor, sondern auch die Tür, die aus dem Wohnzimmer in das Schlafzimmer führte. Ein Lauschen an der verschlossenen Tür, die von dem Schlafzimmer auf den Korridor führte, war gar nicht möglich, weil fortwährend Reisende und Dienerschaft über den Korridor gingen. Ebenfalls vergebens blieb Marguerite die halbe Nacht über in ihrer halbgeöffneten Tür stehen, um zu sehen, ob jemand vom Korridor aus in die Zimmer der Baronin gehe. Diese Ungewißheit und dieses Lauschen dauerten mehrere Monate, bis endlich der Zufall die Aufklärung brachte. In der Nacht entstand plötzlich ganz in der Nähe des Hotels Feuer. Der Wirt ließ an alle Türen klopfen, seine Gäste wecken und von der nahen Gefahr in Kenntnis setzen. Marguerite eilte so schnell wie möglich an die Tür der Baronin, klopfte heftig an und wurde von der zu Tode erschrockenen Baronin eingelassen. Der Feuerschein vor den Fenstern hatte die Baronin so aller Fassung beraubt, daß sie am ganzen Körper zitterte und nur unzusammenhängende Worte sprechen konnte. Mit einem Blick übersah Marguerite das Schlafzimmer und hatte nun die lang gesuchte Erklärung gefunden. Der Schrank, der vor der Tür stand, die in das daneben liegende Gastzimmer führte, war abgerückt, so daß jemand bequem hatte durchgehen können. Vor dem Bett lag auf einem Stuhl eine Weste, auf dem Nachttisch eine Uhr mit Kette, so daß keine Zweifel blieben. Die Baronin sah recht gut, daß Marguerite das alles bemerkte, war aber so erschrocken über den Feuerlärm, daß sie nichts sagte. Schnell packte Marguerite alle Toilettengegenstände zusammen, um gleich fliehen zu können. Das Feuer wurde gelöscht, doch der Vorgang brachte vorderhand keine Veränderung des Verhältnisses zwischen Marguerite und der Baronin. Noch ehe sie aber am anderen Morgen Genf verlassen hatten, wußte Marguerite bereits von der Hoteldienerschaft, daß in dem Zimmer neben der Baronin ein junger, russischer Graf wohnte. Die Zimmer lagen gerade da, wo der Korridor eine Biegung machte, so daß der Graf bei sich aus-und eingehen konnte, ohne an den Türen zu den Zimmern der Baronin bemerkt zu werden, weil er eine Treppe im Seitenflügel benutzen konnte. Jetzt war ihr alles klar. Zwischen dem russischen Grafen und ihrer Baronin bestand ein vertrautes Verhältnis; es kränkte sie, daß ihr das bisher verborgen geblieben war, und sie war fest entschlossen, Mitwisserin des Geheimnisses zu werden.

Nach Morges zurückgekommen, trat das gewohnte Verhältnis wieder ein, obgleich die Baronin sichtlich mit sich kämpfte, ob sie Marguerite in ihr Vertrauen ziehen sollte; denn daß diese schon mehr wußte, als ihr lieb war, hatte sie bald erkannt. Es kam jedoch zwischen den beiden Frauen vorerst noch zu keiner Aussprache.

Bei der nächsten Fahrt nach Genf brachte Marguerite jede Minute, die sie frei hatte, auf dem Korridor des Hotels zu und begegnete mehrere Male dem jungen Russen, einem sehr hübschen, eleganten Mann, der sie schon bei der zweiten Begegnung auf der Seitentreppe besonders freundlich ansah und sich bei der dritten in ein Gespräch mit ihr einließ. Als er erfuhr, daß sie die Kammerjungfer einer im Hotel wohnenden Dame sei – Marguerite hütete sich wohl, den Namen dieser Dame zu nennen – , machte er nicht viel Umstände und fragte, ob sie ihn wohl besuchen wolle. Nur aus Neugier und ohne alle anderen Absichten – so hatte sie mir wenigstens auf das treuherzigste versichert – sagte sie, nach einigen Weigerungen und kaum die Folgen bedenkend, ja. Da gerade niemand auf dem Korridor war, zog er sie auf sein Zimmer, küßte sie, befühlte ihren Busen und wußte trotz ihrem Sträuben sich auch anderwärts davon zu überzeugen, daß er ein blühendes, wohlgebautes Mädchen in seinen Armen hielt. Während seine Hand auf das angenehmste beschäftigt war, sah sich Marguerite überall um, bemerkte im zweiten Zimmer die Tür, die zum Schlafzimmer der Baronin führte, und hatte auch gleich ihren Plan fertig. Der Graf wollte zwar sofort Ernst machen, stieß aber auf hartnäckigen Widerstand. Er war jedoch zufrieden, als sie versprach, in der Nacht, wenn ihre Herrschaft schliefe, zu ihm kommen zu wollen. Das könne aber erst spät nach Mitternacht sein, wenn auf dem Korridor alles dunkel wäre. Er schien zu überlegen – und Marguerite freute sich nicht wenig, daß sie wußte, was er überlegte. Die neue Bekanntschaft schien aber doch das Bedenken zu besiegen, und sie wurden einig, daß sie dann um ein Uhr kommen solle, er wolle dann seine Tür offenhalten. Damit wäre ihr aber nicht gedient gewesen. Sie verlangte daher den Schlüssel und erhielt ihn. Sie triumphierte ob ihrer Schlauheit und überdachte nun ihren Plan nach allen Seiten. Schon um zehn Uhr hatte die Baronin ihre Nachttoilette beendet, Marguerite entlassen und hinter ihr beide Türen vorsichtig wieder verschlossen. Statt aber in ihr Zimmer zu gehen, stellte sich Marguerite auf den Korridor an die Tür zum Schlafzimmer der Baronin und horchte aufmerksam auf alles, was darin vorging. Es dauerte denn auch nicht lange, so hörte sie die Baronin ein Liedchen trällern, was sie sonst nicht tat, dann ein leises Pochen, das Abrücken eines schweren Möbels und das kaum hörbare Öffnen einer Tür. Nun wußte sie, daß er bei ihr war, und eilte zur Tür hinter der Biegung des Korridors, die zu dem Zimmer führte, in dem sie heute schon gewesen war. Sie überzeugte sich, daß niemand sie sehen konnte, schloß so leise wie möglich auf und befand sich am Ziel ihrer Wünsche. Im zweiten Zimmer sah sie einen Lichtschein auf den Boden fallen. Er kam aus der Verbindungstür, die so weit offen stand, wie es der halb zurückgeschobene Schrank erlaubte. Rasch zog sie die Schuhe aus und schlich sich an die Tür, von wo aus sie mit der größten Bequemlichkeit übersehen konnte, was im Schlafzimmer der Baronin vorging. Halb lag, halb saß diese auf ihrem Bett in den Armen des Grafen, der ihren Mund, Hals und Busen mit den glühendsten Küssen bedeckte, während seine Hand fahrig und lüstern bald hier-, bald dorthin griff und bei der Baronin jedes Entgegenkommen und Erwidern fand. Eine so hübsche Frau, wie es die Baronin auch war, so hatten ihre Reize diesmal doch keine Wirkung auf Marguerite. Dagegen war sie desto gespannter auf das, was sie noch nicht kannte. Diese Unkenntnis sollte nicht mehr lange währen. Der Graf entkleidete sich rasch und nicht zu seinem Nachteil, denn er war ebenso schön wie kräftig gebaut. Hier erfuhr Marguerite erstmals, was wir Frauen wohl empfinden, jedoch nicht aussprechen sollen... Marguerite sollte es aber nicht so gut haben, wie ich es in jenem Alkoven gehabt hatte; denn die Baronin zog die Bettdecke über ihren Galan, so daß nichts mehr zu sehen war, als die beiden Köpfe, zärtlich Mund auf Mund gedrückt, Küsse trinkend, bis die Augen sich schlossen, der Graf nach der heftigsten Bewegung tief aufseufzte und dann wie ohnmächtig auf seine Schöne niedersank. Fest umarmt lagen beide wohl eine Viertelstunde lang nebeneinander. Marguerite gestand mir, daß sie sich nun nicht mehr halten konnte, weil sie außerordentliche Reizwirkungen im Innersten ihres noch unerfahrenen, jugendlichen Körpers empfand, die sie zu beruhigen versuchte. Ebenso gestand sie mir auch, daß es in dem Augenblick nicht habe gehen wollen, und daß sie nach dem, was vor ihren Augen vorgegangen war, eine andere Art der Erfüllung herbeisehnte. Marguerite belehrte mich weiterhin über Zweck und Gebrauch jener Vorsichtsmaßregel, die so viel Unglück und Schande in der Welt verhütet hat, – den Gegenstand, der als Blitzableiter gegen die Folgen eines Genusses dient, der mit Recht nur in der Ehe mit Unbeschränktheit gestattet ist – einem Blitzableiter, der dem Mädchen, der Witwe, der Frau an der Seite eines verliebten Mannes Schutz vor den Folgen der Liebe gewährt!

Marguerite überlegte nun, was zu tun sei. Sie hatte vorläufig genug gesehen, um die Baronin zu einem Geständnis zu zwingen. Aber obgleich sie ganz in Feuer war, entsagte sie doch für diese Nacht der näheren Bekanntschaft mit dem Grafen, weil sie erst Gewißheit haben wollte, ob er sich auch bei ihr eine solche Vorsichtsmaßregel gefallen lassen würde, denn ohne dieselbe hätte sie zuviel gewagt. Dann aber gestand sie mir, daß ihr der Gedanke unangenehm gewesen war, die Zweite sein zu müssen. Vorsichtig schlich sie in das andere Zimmer zurück, schloß diesmal aber hörbar laut mit dem Schlüssel auf, warf diesen in das Zimmer zurück und ging dann, aufgeregt und im Triumph über das Gelingen ihrer List, auf ihr Zimmer. Die Überzeugung, daß der Graf sie um ein Uhr erwartete und vergebens harrte, machte ihr ein unbeschreibliches Vergnügen; hatte sie ja doch nun alle Fäden in der Hand, um sich zum Mittelpunkt und vor allen Dingen zur Teilnehmerin des ganzen Verhältnisses zu machen. Da die Baronin sie nicht zur Vertrauten gemacht hatte, wollte sie eine kleine Rache an ihr nehmen und überlegte in schlaflosen Stunden der Nacht, wie sie das am besten und namentlich zu ihrem eigenen Vorteil erreichen könne. Sie werden über die Schlauheit erstaunen, mit der Marguerite ihren Plan entwarf, und mit welcher Konsequenz sie ihn durchführte. Das ist auch eine Eigenschaft des weiblichen Geschlechts, von der ich an mir selbst und an anderen die wunderbarsten Beispiele erfahren habe! In allem, was den himmlischen Genuß betrifft oder ihn herbeiführt, steigern sich der Scharfsinn oder die Verstellungskunst des Weibes auf einen fast unglaublichen Grad. Auch die Beschränktheit wird erfinderisch, und gleichviel, ob Laune, Wollust oder wirkliche Liebe die Triebfeder sind – in den Mitteln, die endliche Vereinigung zu bewerkstelligen, sind Mädchen und Frauen gleich unerschöpflich! Noch ehe die Baronin aufgestanden sein konnte, klopfte Marguerite am Morgen an die Korridortür des Grafen. Da er glauben mochte, es sei sein Diener oder ein Kellner des Hotels, öffnete er selbst im tiefsten Negligé und war nicht wenig erstaunt, die nach Mitternacht so lang vergebens Erwartete eintreten zu sehen. Er wollte ihr Vorwürfe machen, sie zu sich auf das Bett ziehen und sofort alles nachholen, ließ aber sehr bald von seinem Stürmen ab, als sie das Blatt umkehrte und ihm Vorwürfe machte, ihm sagte, sie wäre allerdings etwas früher als verabredet gekommen, habe aber durch die offene Tür sehen können, was er mit der Baronin, ihrer Herrin, gemacht habe. Wenn sie dem Baron entdeckte, was sie gesehen habe, so könnte sie eine große Belohnung erwarten, und die Folgen davon möge er sich selbst ausmalen. Das wolle sie aber nicht, sondern nur Teilnehmerin des Verhältnisses sein, unter der Bedingung, daß er sich bei ihr zu denselben Vorsichtsmaßregeln bereit fände, die er bei der Baronin angewandt habe. Ebensowenig wolle sie Heimlichkeit für die Zukunft, sondern im Gegenteil seine Wünsche bei der Baronin fördern, wenn sie Teil an ihren geheimen Vergnügungen nehmen könne.

Der Graf sah sie sprachlos vor Erstaunen über diese Erklärung an, war aber mit allem einverstanden und bereit, wenn sie nur schweigen wolle, da in der Tat aus der Entdeckung seines Verhältnisses zur Baronin ein großes Unglück für beide Familien entstehen konnte. So teilte sie ihm ihren Plan mit und verlangte die Ausführung noch vor der Abreise der Baronin nach Morges, die schon nach dem Dejeuner erfolgen sollte.

Überrascht von der Aussicht, daß sich ihm da ein ganz besonderes Vergnügen bot, ging der Graf auf alles ein, und als Marguerite nun seiner Hand vollste Freiheit gestattete, war er fast noch erstaunter, sich zu überzeugen, daß das ebenso unternehmende wie listige Mädchen noch unberührt war. So unerwartet ihm das war, so bereitwillig machte es ihn, alles zu tun, was sie haben wollte, denn eine reizvollere Teilnehmerin an seinen Genüssen konnte er sich nicht denken. Er wollte ihr sofort den Beweis geben, daß er entzückt von seiner neuen Bekanntschaft sei, aber Marguerite widerstand so entschieden, daß er zu nichts gelangte, und seine Leidenschaft dadurch nur noch heftiger angeregt wurde. Doch sie hatte bei diesem Versuch genug gefühlt und gesehen, um nur noch fester in ihrem Entschluß zu werden, ihrer mißtrauischen Baronin den Besitz, und zwar den gefahrlosen Besitz des schönen, jungen Mannes nicht allein zu gönnen. Alles, was kaum eine Stunde nachher geschehen sollte, wurde noch einmal verabredet. Nachdem sie dem Grafen alles Mögliche, nur nicht das eine und letzte, was er verlangte, gewährt und ihn dadurch ganz in Feuer und Flamme gesetzt hatte, entfernte sie sich.

Sie ging in ihr Zimmer zurück und wartete dort auf das Zeichen der Baronin, die gegen neun Uhr aufzustehen pflegte, die Tür ihres Vorzimmers aufschloß, klingelte und sich wieder aufs Bett legte, während Marguerite alles zur Toilette Nötige im Schlafzimmer ordnete, im Vorzimmer die Sachen zur Rückreise packte und dann das Dejeuner servierte. Im Nebenzimmer wartete der Graf auf das versprochene Zeichen: Marguerite sollte die Tür geräuschvoll schließen.

Zum größten Schrecken der Baronin öffnete sich plötzlich die Tür des Grafen, er schob den Schrank zurück, stürzte sich auf das Bett und bedeckte die Baronin mit wilden Küssen. Keines Wortes über diese Unbesonnenheit mächtig, zeigte sie nur zitternd auf die Tür nach dem Vorzimmer, in welchem Marguerite eben geräuschvoll die Sachen packte. Den Wink verstehend, eilte der Graf zur Tür und schob scheinbar den Riegel vor, kam dann zur Baronin zurück und beschwor sie, leise flüsternd, ihm vor ihrer Abreise noch einmal die höchste Gunst zu gestatten. Sie wäre in der letzten Nacht so hinreißend liebenswürdig gewesen, daß er sich gar nicht mehr halten könne und fürchte, krank zu werden, wenn sie ihm den Genuß ihrer Reize versage. Anfangs so leise wie möglich, wurde bald der verabredete Seufzer ausgestoßen, und in diesem Augenblick trat Marguerite ins Zimmer, denn die Tür war nicht verriegelt worden. Anscheinend vor Schreck über diesen Anblick und keines Wortes mächtig, ließ sie die Toilettengegenstände, die sie in der Hand trug, fallen und starrte auf das Bett. Marguerite konnte sich unmöglich so erschrocken stellen, wie die Baronin es wirklich war, denn ihre Ehre, ihr Vermögen, ihre ganze Stellung in der Gesellschaft standen auf dem Spiel. Mit einem unverständlichen, russischen Fluch sprang der Graf zurück, blickte die Eingetretene wütend an und sagte zur Baronin: »Wir sind verloren, wenn ich diese Verräterin nicht ermorde und auf ewig stumm mache! Sie darf dieses Zimmer nicht verlassen, ohne daß wir sicher sind.« Marguerite tat, als wenn sie entsetzt vor dem Wütenden fliehen wollte. Der Graf stellte sich aber mit dem Rücken gegen die Tür und maß sie mit drohenden Blicken, als führe er etwas Schreckliches gegen sie im Schilde. Die Baronin war bei dem allen mehr tot als lebendig. Plötzlich rief der Graf, als habe er einen Einfall gehabt: »Es gibt nur ein Mittel, dieses Mädchen zum Schweigen zu bringen: sie muß unsere Mitschuldige werden! Verzeihen Sie mir, Baronin; was ich tue, tue ich nur für Sie!« Mit diesen Worten ergriff er die in anscheinender Todesangst zitternde Marguerite, trug sie auf das Bett, wo die totenbleiche Baronin noch unbedeckt lag, und warf ihr die Kleider hinauf... Nicht genug, daß die Baronin dem ganzen Vorgang zusehen mußte – sie mußte die wimmernde Marguerite auch noch beschwichtigen, ihr zureden und bitten, daß sie doch nicht so schreien möge... Nachdem sich der Graf zurückgezogen und rasch seine Kleider wieder in Ordnung gebracht hatte, sank er vor der verstörten Baronin auf die Knie und beschwor sie, sich zu beruhigen und ihm zu verzeihen, daß er in der Not dieses Mittel angewandt habe, um sie beide vor Entdeckung zu sichern. Er stellte ihr vor, daß nun erst, da sie eine Vertraute gewonnen hätten, ihr Verhältnis vor jeder Entdeckung gesichert sei, daß beide dem Mädchen Geld geben und sie vollständig in ihr Vertrauen ziehen müßten. Er tat, als wenn er der Baronin ein außerordentliches Opfer gebracht hätte, weil er sich zur Berührung einer Kammerjungfer herabgelassen habe und bat, daß die Baronin nun alles Mögliche tun möge, um Marguerite, wenn sie aus ihrer Ohnmacht erwache, zu trösten und zu gewinnen. Nun machte Marguerite eine Bewegung, als ob sie erwache.

Der Graf verließ unter Bitten, Beteuerungen und Verabredungen für ihr künftiges Verhalten das Schlafzimmer und zog sich hinter dem Schrank in seine Wohnung zurück.

Jetzt waren die beiden Frauen allein. Die Baronin, vollständig getäuscht und im höchsten Grade ängstlich, suchte die anscheinend Untröstliche zu beruhigen, vertraute ihr das ganze Verhältnis an, in dem sie zu dem Grafen und zu ihrem abwesenden Gatten stehe, versprach für sie zu sorgen, bat sie um ihren Beistand, um Verzeihung für das Ungestüm des Grafen und malte ihr die Zukunft in so rosigen Farben, daß Marguerite nach und nach von ihrem Schmerz über die erlittene Mißhandlung getröstet war und erklärte, daß sie nun, da es einmal gegen ihren Willen so gekommen sei, das geheime Liebesverhältnis so gut wie möglich begünstigen wolle.

Damit war der Bann gebrochen, und es ergab sich, als erst Beruhigung und Nachdenken eingetreten waren, ein höchst eigentümliches Verhältnis zwischen diesen drei Personen. Der Graf hatte keine Ahnung von den bestehenden Vertraulichkeiten der beiden Frauen, hatte aber an dem frischen, jugendlichen Körper und der Anschmiegsamkeit Marguerites soviel Vergnügen gefunden, daß er ihren Genuß dem bei der Baronin vorzog und ihr, wenn sie allein waren, die vollgültigsten Beweise seiner Zuneigung und Befriedigung gab. Marguerite stellte sich bei der Baronin kalt gegen den Grafen und erklärte, wenn sie an den wollüstigen Genüssen beider teilnahm, daß sie das nur tue, um ihrer geliebten Herrin ein größeres Vergnügen zu bereiten. Die Baronin ahnte ihrerseits nichts von dem Einverständnis, das zwischen ihrem Geliebten und ihrer Kammerjungfer bestand, überhäufte Marguerite mit Geschenken und behandelte sie von diesem Augenblick an als vertraute Freundin. Beim nächsten Besuch in Genf war Marguerite bereits anwesend, als der Graf schon früh am Abend zur Baronin kam, nachdem sie selbst bei ihm gewesen war. Nicht genug konnte mir Marguerite von den Genüssen erzählen, die solch eine Vertraulichkeit zwischen mehr als zwei Personen bereitet, namentlich, wenn ein kleiner »Roman«, eine Intrige, dabei im Spiel ist. Marguerite erzählte mir, daß sie bei diesen Zusammenkünften immer nur die Leidende oder Helfende spielte, und daß ihr das über jeden Verdacht bei der Baronin hinweghalf. Der Graf und sie wußten ja sehr gut, wie sie miteinander standen. Sooft die Baronin nach Genf kam, besuchte Marguerite den Grafen, der immer mehr Gefallen an ihr fand, und ein ebenso zärtlicher wie feuriger Liebhaber für sie war, weil er sich überzeugt hatte, daß er wirklich der erste gewesen war, der ihren jungfräulichen Thron bestiegen hatte. Er versuchte zwar, Marguerite zu überreden, daß sie ihm gestatte, unverhüllt und ganz sein Glück zu genießen. Doch dem allen widerstand Marguerite energisch.

Hatten sie dann ungestört genossen, was man in dieser Beschränkung nur genießen kann, so begann am Abend das Spiel bei der Baronin, die gleich nach den ersten, von dem erfinderischen Grafen gemachten Versuchen, sehr zufrieden war, drei Personen zu gemeinschaftlichem Genuß vereinigt zu sehen. Man versuchte es auf die verschiedenste Weise. Es gab die absonderlichsten Spiele und Formen der Aktivität und des Erfahrens aus der Sicht der passiveren, dennoch mit einbezogenen Betrachterin, die zumeist Marguerite hieß. Sie beschrieb mir das alles bis in die Details und mit dem größten Vergnügen. Dazu das blonde Haar, die blendend weißen Brüste der Baronin, ihren makellosen Oberkörper, der in schwellende Hüften mündete und in wohlgeformten Beinpaaren mit kleinen Füßen auslief, an denen die Zehen, von unter her betrachtet, wie rosa Perlen an einer Schnur aufgereiht waren. Herrlich auch die schönen Formen des Mannes in seiner höchsten Kraftentwicklung, sein schwarzes Haar, das sich hie und da mit jenem blonden vereinigte. Daran teilzunehmen, es mit den Augen aus nächster Nähe zu verschlingen, im Geiste die steigende Empfindung beider mitzugenießen, das alles entzückte Marguerite noch in der Erinnerung, während sie es mir erzählte.

Es muß in der Tat ein sonderbares Verhältnis zwischen diesen drei Personen gewesen sein: Trotz der höchsten Vertraulichkeit – gegenseitiges Mißtrauen! Trotz gemeinschaftlichem Genuß – Täuschung und Verstellung! Wie gesagt, die Phantasie läßt mich gern solchen Bildern folgen, aber der Verstand rät mir ab, sie nachzuahmen; denn solchem Raffinement muß Ermüdung folgen, und Unannehmlichkeiten sind immer die Folgen eines Geheimnisses, um das mehr als zwei wissen. Da der junge Graf alles genießen konnte, was ihm einfiel, wurde er eines Tages des Verhältnisses überdrüssig, wurde ersichtlich kälter, wohl auch erschöpft, bei zwei so verlangenden Frauen. Kurz, er verließ Genf nach ziemlich kaltem Abschied. Von diesem Augenblick an suchte die Baronin Marguerite loszuwerden, und schon bald war eine Entzweiung herbeigeführt.

Marguerite hatte von der Baronin und dem Grafen in kurzer Zeit über dreitausend Franken geschenkt bekommen, beging aber die Torheit, auch dieses Geld ihrem Vormund zur Verwaltung zu übergeben. Einige Zeit lebte sie unabhängig bei einer Freundin, die früher Erzieherin gewesen war, und erhielt von dieser Unterricht, weil sie die Idee hatte, nach Rußland zu gehen, wo Schweizer Gouvernanten schon oft ihr Glück gemacht haben sollten. Die Veränderung ihrer Verhältnisse war aber zu plötzlich gewesen, als daß sie sich in dem stillen Hause ihrer Verwandten bei ernsten Studien hätte vollkommen glücklich fühlen können. Sie hatte bei der Baronin alles gehabt, was sie in ihrer Lebensstellung irgend wünschen konnte. Ja, sie hatte sehr vieles mehr gehabt, als Mädchen überhaupt gefahrlos haben können, und das hatte sie verwöhnt! Auch waren gewisse Dinge ihrem Körper zur Notwendigkeit geworden. Sie entbehrte nicht allein den Umgang mit dem jungen, schönen Grafen, sondern auch die vertraulichen Spielereien mit der Baronin. Das bereitete ihr in den ersten Monaten viele unruhige Nächte und aufregende Träume. Das Hilfsmittel, das sich selbst bot, gewährte nur schwachen Ersatz, und vergebens sah sie sich nach einer Bekanntschaft um, von der sie nichts zu fürchten brauchte; denn sie konnte die Bedingungen, die sie dem Grafen gestellt hatte, keinem anderen Mann stellen. Nie gesteht ein Mädchen sein Wissen um Dinge ein, die es bei Männern herabsetzen könnte. Mit Büchern und Karten verbrachte sie fast ein Jahr lang ein sehr einsames und freudloses Leben. In ihrem Innern war etwas lebendig und verlangend geworden, das sich nicht mehr abweisen ließ und manchmal so gebieterisch auftrat, daß es sich namentlich des Nachts in unruhigen und wollüstigen Träumen bemerkbar machte. Endlich lernte sie in einer Badeanstalt einige junge Mädchen kennen, mit denen sich bald ein ähnlich vertrauliches Verhältnis entwickelte, wie sie es mit der Baronin gehabt hatte. Dabei machte sie auch die Bekanntschaft des Bruders einer ihrer neuen Freundinnen, eines ebenso schönen wie gebildeten, jungen und liebenswürdigen Mannes. Vom ersten Augenblick an zeigte er das Bestreben, ihr zu gefallen. Mit der ganzen Scheu und Unbeholfenheit eines jungen Mannes, der sich zum ersten Mal zu einem Mädchen hingezogen fühlt und dem dunklen, aber mächtigen Naturtrieb folgen muß, näherte er sich Marguerite, die genug zu tun hatte, um die Ungeschicklichkeit dieser Annäherung weniger auffallend zu machen.

Marguerite lernte nun auch die Liebe kennen und kämpfte vergebens gegen diese ihr neue Macht an. Sie hatte geglaubt, schon alles zu wissen, schon alles kennengelernt zu haben und daher gewappnet zu sein! Wie sanken alle Vorsätze, alle Klugheiten vor der Gewalt des ersten Kusses zusammen! Wie wehrlos fühlte sie sich den anfangs schüchternen Berührungen des Geliebten gegenüber! Sie waren so schüchtern, daß sie ihm entgegenkommen mußte, ohne ihn merken zu lassen, daß sie es tat. Aber wie schnell treibt die Natur auch den Unwissendsten, den Tugendhaftesten auf dem gefährlichen Pfad weiter, wenn dieser einmal betreten ist! Es machte der erfahrenen Marguerite ein unbeschreibliches Vergnügen, wenn sie sah, was der so liebenswürdige, unerfahrene junge Mann alles unternahm, um zu dem noch unbekannten Ziele zu kommen. Sie fühlte sich diesen oft ungeschickten Anstrengungen gegenüber so überlegen, daß sie glaubte, sie würde im Moment der wirklichen Gefahr die Kraft haben, den schon bei der nur äußeren Berührung zwischen den beiden entscheidenden Punkten halb besinnungslosen Geliebten an der Vollendung zu hindern, und gestattete ihm schließlich die Rechte eines Gatten. Aber sie hatte nicht bedacht, wie nun auch bei ihr jeder Nerv der Vereinigung entgegendrängte, und wie schwach das Weib gegen einen wirklich geliebten Mann ist, wenn er erst mit dem Inbegriff seiner Kraft ihr Inneres erwärmt. In übermäßiger Wollust vergaß sie jeden Widerstand, jeden Vorsatz, und plötzlich fühlte sie den elektrischen Schlag, der ihr ganzes Innere ausfüllte.

Es war geschehen! Das Ausbleiben ihrer Regel zeigte ihr nur zu bald, daß ihre Ehre verloren, ihre Zukunft vernichtet sei! Von dem Augenblick an, wo sie Gewißheit über ihren Zustand hatte, gewährte sie dem Geliebten zwar wieder alle Rechte eines Gatten und genoß drei Monate lang ungestört das höchste Glück; dann aber brachen die Schläge des Schicksals in wahrhaft betäubender Folge über sie herein. Ihr Vormund machte bankrott und floh mit ihrem ganzen Vermögen nach Amerika; ihr Geliebter erkrankte und starb. Sie wurde mit Schimpf und Schande aus dem Haus gejagt, kam in Armut und Elend in einem Dorfe nieder und verlor nach zwei Jahren der schwersten Leiden und Entbehrungen auch ihr Kind durch den Tod, bis sie in Deutschland ein Unterkommen als Gouvernante fand.

4. Brief

Wenige Mädchen werden in so kurzer Zeit, so schnell und so vollständig, dabei vor allen Dingen so gefahrlos über diese wichtigsten Augenblicke des weiblichen Lebens aufgeklärt worden sein, wie ich es durch Zufall und durch die Mitteilungen Marguerites wurde.

Als Kind war ich in den Alkoven des Schlafzimmers meiner Eltern gelaufen. Als Jungfrau, freilich nicht mehr in der rein körperlichen Bedeutung eines unverletzten Hymens, kam ich von dem Gut meines Onkels zurück. Ich war eine andere, und auch die Welt um mich her sah anders aus. Meine Eltern waren ein Muster in der Einhaltung der äußeren Form und des allgemeinen Anstands und gerade deswegen doppelt glücklich in ihren vertrauten Stunden. Wenn ich es nicht selbst gesehen hätte, würde ich nie geglaubt haben, welche Verwandlung jene Augenblicke des Genusses bei ihnen hervorbrachten. Meine Meinung ist also wenigstens soweit entschuldigt, wenn ich so leicht keiner Außenseite, keinem Schein mehr traute. Meine Eltern waren wirklich zwei gebildete, liebenswürdige und tugendhafte Menschen, die keine Ahnung haben konnten, daß jemand sie belauscht hatte, und bei denen die Freude an dem festlichen Tag und am gegenseitigen Besitz in der Befriedigung eine höhere Weihe gegeben hatten. Bei Marguerite hingegen waren immer noch ein Wunsch, eine Sehnsucht, ein Ideal übriggeblieben, und so dachte ich nur, daß mich sicher noch etwas Vollkommeneres erwartete; denn das Tierische des Genusses war mir fremd geblieben. Daß ich nach den Erfahrungen, die so rasch aufeinander folgten, nun viel aufmerksamer als vorher auf alles um mich her achtete und Leute und Dinge folglich mit ganz anderen Augen betrachtete, werden Sie wohl glauben. Überall vermutete ich Heimlichkeit, Einverständnis und Intrige zwischen den Personen, unter denen ich lebte und mich bewegte. Ich lauschte und horchte, um zu erfahren, was man mir verbergen wollte und bis dahin auch verborgen hatte. Mit Sehnsucht wünschte ich, meine Eltern nur noch einmal belauschen zu können, ich überlegte, machte unaufhörlich Pläne, aber immer hielt mich eine tiefe Scheu von ihrer Ausführung zurück; und bot sich eine Gelegenheit dazu, so wagte ich es doch nicht, sie zu ergreifen. Ich freue mich noch heute darüber, daß eine innere Stimme mich davon zurückgehalten hat. Absichtlich zu belauschen, wäre eine Entweihung der stillen Freuden zweier guter Menschen gewesen.

Ich habe Ihnen schon erzählt, daß ich bald nach der Rückkehr vom Gut meines Onkels zur vollkommenen Frau geworden war. Erschreckt sah ich die ersten Zeichen weiblicher Reife hervortreten und wollte sie vor meiner Mutter verbergen, da ich das Blut anfangs für eine Folge meiner lasziven Unterhaltungen mit Marguerite hielt. Die Wäsche verriet aber, was ich verbergen wollte, und zum ersten Mal sprach nun meine Mutter belehrend über solche Dinge mit mir; aber doch nur so viel, wie unbedingt nötig war, um mich ganz allgemein aufzuklären. Sie ahnte freilich nicht, daß ihr eigenes Beispiel mich schon viel vollständiger belehrt hatte. Bald danach wurde ich konfirmiert, und von nun an – ich war noch nicht ganz sechzehn Jahre alt – nahmen mich die Eltern zu Gesellschaften mit. Man wurde aufmerksam auf mich, besonders, weil meine Stimme sich immer klangvoller entwickelte, und mein Gesangstalent damals immer offensichtlicher wurde. Fast jedesmal, wenn ich in Gesellschaften etwas gesungen hatte, ertönte es von allen Seiten: »Sie müssen zum Theater gehen, müssen eine Catalani, eine Sonntag werden!« Was man immer und immer wieder hört, das prägt sich unwillkürlich ein, und obwohl mein Vater nichts davon wissen wollte, fand ich doch in meiner Mutter eine Verbündete für meine, ohne mein Zutun erwachten Wünsche, und es wurde endlich beschlossen, daß ich eine Künstlerin werden sollte. Meine Studien und Beschäftigungen waren von nun an ausschließlich auf dieses Ziel gerichtet. Von meinem sechzehnten Jahre an hatte ich eine größere Freiheit und Selbständigkeit, als sonst Mädchen meines Alters zu haben pflegen. Eine weitläufige Verwandte ziemlich reifen Alters, häßlich und ängstlich bei der größten Kleinigkeit, wurde bewogen, mich nach Wien zu begleiten, wo ich bei einem damals berühmten Gesangslehrer ausgebildet werden sollte.

Die erste Zeit meines Aufenthaltes in Wien war ziemlich freudlos. Wir hatten fast gar keine Bekanntschaft, und ich besuchte mit großem Fleiß die Gesangsstunden meines vortrefflichen

Lehrers. Nur der Besuch der Oper war eine angenehme Unterbrechung in unserem eintönigen Leben. Oft genug hätten sich Gelegenheiten zu Bekanntschaften geboten, und da ich in jener schönsten Blüte des Mädchenlebens stand, die man »la beauté du diable« nennt, so fehlte es auch nicht an jungen Männern, die mir die Cour machen wollten. Mein frühreifer Verstand hatte sich aber alles zurechtgelegt. Erst wollte ich eine bewunderte Künstlerin werden, dann wollte ich genießen! Nichts sollte mich stören und meine Studien hemmen. Ich wies daher alle Bewerbungen so spröde ab, daß man mich bald meinen eigenen Weg gehen ließ, so daß meine alte Verwandte entzückt über meine Sittsamkeit und Tugend war. Freilich hatte sie keine Ahnung von meinen heimlichen Freuden, die ich indessen, ebenfalls aus Berechnung, nur sehr mäßig genoß. Nun komme ich zu einem Teile meiner Geständnisse, der mir schwerer wird, als alles bisher Gesagte. Ich habe mir vorgenommen, ganz aufrichtig zu Ihnen zu sein, und so will ich denn auch dieses sagen. Ich habe vergessen, Ihnen zu erzählen, daß Marguerite mir das Buch schenkte, in dem sie an jenem Abend gelesen hatte, an dem ich sie zuerst belauschte. Es war das ebenso reizend wie wollüstig geschriebene Werk: »Félicia ou mes Frédaines« mit vielen kolorierten Kupfern, die mich vollständig belehrt haben würden, was der Mittelpunkt des ganzen menschlichen Lebens ist, wenn ich das nicht schon früher erfahren hätte. Diese Lektüre machte mir ein unaussprechliches Vergnügen. Aber ich erlaubte sie mir nur alle acht Tage einmal, und zwar am Sonnabend, wo ich jedesmal ein warmes Bad nahm. Dabei durfte mich die Tante nicht stören. Das Badezimmer war abgelegen und hatte nur eine Tür, die ich zum Überfluß noch mit einer Decke verhängte. Nirgends war eine Ritze, durch die ich hätte belauscht werden können, so daß ich ganz sicher war.

Während des Bades las ich in jenem Buch und fühlte an mir dieselben Wirkungen, die ich bei Marguerite beobachtet hatte. Wer könnte aber auch diese glühenden Schilderungen lesen, ohne selbst dabei in Feuer und Flamme zu geraten? Hatte ich mich dann abgetrocknet und einige Zeit in einem leichten Peignoir geruht, dann begann mein damaliges, freilich noch sehr beschränktes Paradies. Der große Stehspiegel wurde so gestellt, daß ich mich ganz darin sehen konnte...

Nun, seit meiner ersten Bekanntschaft mit Marguerite hatte meine Sinnlichkeit rasche Fortschritte gemacht. Besonders hatte sich bei mir ein Überschwang eingestellt, der im Augenblick der höchsten Verzückung hervorbricht. Die Männer, mit denen ich mich später dem Genuß der Liebe überlassen habe, waren alle entzückt über diese besonders glückliche Eigenschaft. Damals glaubte ich natürlich, es sei bei allen Frauen so, aber es ist in der Tat, wie ich mich später überzeugte, eine seltene Begabung. Geriet doch während meines Aufenthaltes in Paris einer meiner liebenswürdigsten Verehrer darüber so außer sich, daß er beim erstenmal fast die Besinnung darüber verlor. Das gehört aber zu meinen späteren Bekenntnissen, und ich kehre daher zu meinen Wiener Sonnabenden zurück. Es bereitete mir ein außerordentliches Vergnügen, im Spiegel dem wollüstigen Spiel zu folgen. Lassen sich denn diese himmlischen Gefühle überhaupt beschreiben? Wie das Blut durch die Adern jagt, wie jeder Nerv bebt, der Atem stockt, und endlich Erlösung, und im langsamen Abklingen Entspannung bringt. Im Niederschreiben entzückt mich die Erinnerung an jene glücklichen Stunden in Wien noch immer. Aus meiner schlechter werdenden Schrift werden Sie sehen, daß mich das Gefühl übermannt. Mein ganzer Körper zittert vor Sehnsucht und Vergnügen...

5. Brief

Über der etwas zu lebhaft gewordenen Schilderung am Ende meines vorigen Briefes bin ich nicht zu dem gekommen, was ich eigentlich für Sie aufzeichnen wollte. Die Erinnerung an die geheimen Freuden, die ich mir damals in der Blüte meiner Mädchenzeit zu verschaffen wußte, wand mir die Feder aus der Hand und wies mir eine ganz andere Beschäftigung zu, die auch jetzt, in meinen reiferen Jahren, ihren Reiz für mich noch nicht verloren hat, und zu der ich bei meinem leider gerechtfertigten Mißtrauen gegen alle Männer hin und wieder meine Zuflucht nehmen muß. Ich sagte Ihnen, daß mein Geständnis mir schwerfallen würde; aber obwohl ich Ihnen das so ziemlich Entscheidendste gestanden habe, so gehört doch wirklich ein Entschluß dazu, auch im Folgenden aufrichtig zu sein. Ich habe Ihnen gesagt, daß ich von allem, was ich zur Befriedigung meiner Sinnlichkeit getan habe, nichts bereue – ausgenommen meine zu vertrauensselige Hingabe an jenen gewissenlosen Menschen, der mich ohne Ihren Beistand restlos unglücklich gemacht haben würde. Und so bereue ich es denn auch nicht, was ich damals in Wien gegen Ende meiner Gesangsstunden tat.

Als ich nämlich so weit fortgeschritten war, daß ich Rollen einstudierte, bedurfte ich dazu eines Korrepetitors, der am Klavier saß, während ich im Zimmer umhergehend den Gesang mit meinen Gesten begleitete. Mein Lehrer empfahl mir einen jungen Musiker, der, in einem geistlichen Institut erzogen, sich vorzugsweise mit Kirchenmusik beschäftigte und nebenbei seinen Lebensunterhalt mit Stundengeben erwarb. Es war ein außerordentlich schüchterner junger Mann von neunzehn Jahren – nicht besonders hübsch, aber wohlgebildet und sehr reinlich und sauber in seiner Kleidung, was wahrscheinlich eine Folge seiner Erziehung in dem geistlichen Institut war. Da er der einzige junge Mann war, der unser Haus regelmäßig, allerdings nur während der Studierstunden besuchen durfte, war es nur natürlich, daß sich bald eine gewisse Vertraulichkeit zwischen uns herstellte, der aber im Anfang mehr von seiner Seite, als von der meinigen begegnet wurde; denn er blieb schüchtern und ängstlich und getraute sich fast nie, mich anzusehen. Sie kennen meinen Mutwillen und Unternehmungsgeist. Schon damals besaß ich diese Eigenschaft in hohem Grade. Es bereitete mir Spaß, ihn in mich verliebt zu machen, was mir nicht schwer wurde. Es gibt ja keine bessere Verführerin und Gelegenheitsbieterin als die Musik, und da mein Talent bei diesen Studien mit merkwürdiger Kraft hervorbrach, bemerkte ich recht gut, wie er nach und nach Feuer und Flamme wurde. Da ich ihn nicht liebte – o nein, dieses mächtige Gefühl sollte ich erst später kennenlernen – , hatte ich ein besonderes Vergnügen daran, zu beobachten, welche Wirkung mein ausströmendes Fluidum auf diesen durchaus noch unverdorbenen, moralisch wie physisch unschuldigen Menschen hervorbrachte. Es war ein grausames Spiel von meiner Seite, aber eben weil ich jetzt einsehe, daß es dies war, wird es mir schwer zu erzählen, was daraus wurde. Ich war mit der Zeit durch alles, was ich gesehen und selbst versucht hatte, so neugierig geworden, noch mehr zu erfahren, daß ich mit meinem kleinen Frauenzimmerverstand zu Rate ging, wie ich den Franzl – so war sein Name – zu mehr und Entscheidenderem bei meinen Koloraturen bringen könnte, als nur zu Seufzern und Schmachten. Wenn aber ein Frauenzimmer erst nach Mitteln sucht, dann sind sie auch bald gefunden. An zwei Tagen in der Woche besuchte meine alte Verwandte vormittags den Markt, um selbst Einkäufe für die Wirtschaft zu machen, und zwar zu der Zeit, in welcher ich meine Gesangsstudien machte. Die Aufwärterin öffnete, wenn mein Korrepetitor kam, meldete ihn aber nicht an, denn sie wußte ja, daß sein Kommen verabredet war. Darauf baute ich meinen Plan auf. Ganz »zufällig« erzählte ich dem schüchternen Franzl, daß ich des Nachts oft so wenig Schlaf fände, daß ich morgens nach dem Frühstück manchmal von Müdigkeit überwältigt würde und dann so fest einschliefe, daß nur heftiges Rütteln mich aufzuwecken imstande sei. Nun da er das wußte, lag ich das nächstemal in gut gewählter Stellung auf dem Sofa und »schlief«, als Franzl, pünktlich wie immer, mit dem Glockenschlag zehn Uhr eintrat. Ein Bein hatte ich hoch angezogen, und das Fichu war mir, wie sich das von selbst versteht, von Nacken und Busen gefallen. Den Arm hatte ich so über die Augen gelegt, daß ich unter ihm hinweg alles sehen konnte, was Franzl machen würde. Mit klopfendem Herzen, aber auch mit innerem Vergnügen über meine so gut angelegte List hörte ich ihn kommen: die Küchentür schloß sich, und gleich darauf trat er in mein Zimmer. Erstarrt und wie versteinert blieb er an der Tür stehen. Sein Gesicht rötete sich, seine Augen bekamen einen wunderbaren Glanz, und er verschlang mich fast mit seinen Blicken. An der eigentlich kritischen Stelle zeigte sich die Wirkung dieses unvermuteten Anblickes in so unzweideutiger Weise, selbst unter den Beinkleidern, daß mir jetzt fast Angst wurde, nun doch ganz allein mit ihm und gewissermaßen seiner Willkür preisgegeben zu sein.

Erst räusperte er sich leise, dann etwas lauter, um mich zu wecken. Als das nichts half, und ich fest weiterschlief, näherte er sich dem Sofa und versuchte, indem er sich so tief wie möglich niederbückte, mir unter den Rock zu sehen. Ich hatte mir zwar vorher alles sorgfältig zurechtgelegt, damit er auch wirklich etwas sehen konnte, aber es mußte sich doch wohl etwas an den Kleidern verschoben haben, denn später hat mir Franzl oft genug gesagt, daß er wohl die Schenkel, aber nichts weiter hätte sehen können. Ich aber sah jede seiner Bewegungen und war fest entschlossen, »weiterzuschlafen«. Wieder räusperte er sich, hustete und scharrte mit dem Stuhl – ich…»schlief«! Dann sah er mir so tief wie möglich in den Ausschnitt, versuchte wieder unter den Rock zu sehen – ich…»schlief«! Plötzlich aber ging er aus dem Zimmer; entweder, um fortzugehen oder mich durch die Aufwärterin wecken zu lassen. Der dumme, unentschlossene Mensch! dachte ich bei mir und ärgerte mich, daß alle meine List vergebens gewesen sein sollte. Nachher erfuhr ich, daß er wirklich die Aufwärterin hatte herbeiholen wollen, sie aber nicht gefunden hatte. Nach einigen Minuten kam er wieder herein und stand nun noch unentschlossener vor meinem Sofa, als vorher. Noch einmal versuchte er durch alle möglichen Geräusche, mich zu wecken – natürlich vergebens; denn nun wollte ich einmal nicht »geweckt« sein, sondern meinen Willen haben. Er war offenbar in einer fieberhaften Aufregung und kämpfte mit sich, was er tun sollte. Ich hätte aber nicht Marguerites Unterricht genossen und nicht die »Felicia« gelesen haben müssen, um nicht zu wissen, daß solchem Anblick und solcher Gelegenheit kein Mann auf die Dauer widerstehen kann. Wie unschuldig und wenig welterfahren Franzl auch war, er hätte von Stein sein müssen, um solcher Versuchung zu widerstehen.

Endlich faßte er den Mut, erst meine Wade, dann meine Knie und schließlich meine nackten Schenkel zu berühren. Überlief es mich schon in diesem Augenblick heiß, wie muß es dem armen Jungen erst zumute gewesen sein!

Sehr bald überzeugte er sich aber, daß ich einen wahren Totenschlaf haben müsse, und so begann er sein Spiel aufs neue. Durch meine veränderte Lage hatte ich seiner Hand noch freiere Bahn geschaffen, und nun begnügte er sich nicht mehr mit der Berührung, sondern schob so vorsichtig wie möglich mein Kleid hoch, um auch sehen zu können. Sie selbst haben mir gesagt, als Sie mich wegen jener abscheulichen Krankheit untersuchten, daß ich sehr reizend gebaut sei und trotz der Verwüstung, die damals jene Krankheit angerichtet hatte, gerade in diesem Punkte selten schöne Formen besäße. Also werden Sie mir glauben, daß nun mein Franzl ganz außer sich geriet und selbst seine unglaubliche Schüchternheit der Versuchung nicht mehr widerstand. Immer noch schlafend, dehnte und streckte ich mich, hütete mich aber, die Schenkel zu schließen, was bei einer wirklich Schlafenden wohl das Natürlichste gewesen wäre. Nun schien Franzl es nicht mehr aushalten zu können, und wenn Marguerites Warnungen nicht vor meiner Seele gestanden hätten…

Ich wollte eine große Künstlerin werden, das war mein fester Entschluß. Ebenso entschlossen war ich, zu genießen, was mein Geschlecht ohne Gefahr genießen kann. Aber mich einem jungen, unerfahrenen Menschen hingeben, das wollte ich nicht! So erwachte ich in dem Augenblick, in dem er auf dem Sofa niedergekniet war, starrte den Erschrockenen an und warf mich mit einem Schwung auf die Seite, so daß er augenblicklich jeden Vorteil seiner schon erlangten Stellung verlor und nicht weiter kommen konnte.

Sie haben ja immer mein großes Talent zur Schauspielkunst gerühmt. Nun, hier wurde eine Szene aufgeführt, bei der Sie die Wahrheit meines Spiels gewiß bewundert hätten. Vorwürfe, Entrüstung und Tränen auf der einen, Angst, Verwirrung und Scham auf der anderen Seite – in solchem Maß, daß er vergaß, den eigentlichen Verräter der Situation wieder wegzuknöpfen, was mir gar nicht unlieb war, denn ich konnte unter Tränen und Schluchzen meine Neugier vollständig befriedigen. Und ich hatte Ursache, mir Glück zu wünschen, daß meine List mich an einen so jugendkräftigen Mann geführt hatte.

Meine Rede war sehr einfach. Ich bewies ihm, daß er von allen Menschen gemieden würde, wenn ich mich über sein schlechtes Benehmen beklagen wollte. Sicher hätte ich ihn damit zur Tür hinausgetrieben und ihn kaum wiedergesehen, wenn ich ihm nicht gleichzeitig gestanden hätte, daß ich ihm eigentlich recht gut sei, und daß ich schon längst seine Liebe zu mir bemerkt habe, und daß ich es daher dem Übermaß dieser Liebe verzeihen wollte, was er an mir gesündigt habe. Ich muß das alles sehr natürlich und überzeugend gesagt haben, denn er glaubte mir, ohne Zweifel zu haben. Endlich wurde er dann Herr seiner Verwirrung, ordnete, was zu deutlich sein Verbrechen verriet – und das nächste war ein Kuß, der kein Ende nehmen wollte. Meine Hingebung, ja selbst meine Erwiderung führten aber zu nichts weiter. Er blieb schüchtern wie zuvor und wagte nicht das Geringste. Nach wiederholten Vorwürfen, Beteuerungen, Verzeihungen blieb es, wie es war und als sei nichts vorgefallen. Aus den Gesangsstudien wurde natürlich nicht viel, und als mein Ehrenhüter vom Markteinkauf nach Hause kam, verließ mich Franzl verlegen und scheu, so daß ich mir mit all meiner List und meinem fein angelegten Plan recht dumm vorkam. Gewiß kam er vor lauter Angst gar nicht wieder! Das wurde mir jetzt erst klar. Aber so verrechnet wollte ich mich doch nicht haben. Ich war unruhig und zerstreut und zerbrach mir den Kopf, wie ich, ohne meiner weiblichen Würde etwas zu vergeben, meinen Willen haben könnte. Vor allen Dingen mußte ich wieder allein mit ihm zusammenkommen. Wie er mir später gestand, hatte ich ganz richtig vermutet; er war entschlossen gewesen, nie wieder unsere Schwelle zu betreten. Es war nicht leicht, hier das Richtige zu treffen, denn ich war ja nicht verliebt, sondern nur neugierig, wollte ihm ja keine Rechte einräumen, sondern nur meinen Willen mit ihm haben.

Mein Gesangslehrer mußte endlich den Vermittler spielen. Ich bat ihn, er möge einmal prüfen, ob ich in meinem Selbststudium mit dem von ihm empfohlenen Korrepetitor auch den richtigen Weg ginge. Dazu bestellte er Franzl zu sich, der nicht wenig in Verlegenheit geriet, als er plötzlich und unerwartet mit mir zusammentraf. Meine künstliche und seine natürliche Bestürzung und Verlegenheit wären für jemanden, der um das zwischen uns Vorgefallene gewußt hätte, gewiß sehr komisch gewesen. Alles ging nach Wunsch. Ich flüsterte ihm zu, daß ich ihn unbedingt sprechen müsse, denn die Aufwärterin oder die Tante schienen etwas gemerkt zu haben. In seiner Angst war er zu allem bereit, und beim Fortgehen verabredeten wir ein Zusammentreffen am Abend im Theater.

Nun war das Eis gebrochen, denn wenn es zwischen zwei jungen Leuten erst Heimlichkeiten gibt und Verabredungen stattfinden, findet sich ganz von selbst mehr. Am Abend verließ ich früher als gewöhnlich die Loge und fand meinen schüchternen Franzl schon auf dem verabredeten Posten. Ich sagte ihm, daß mir aus den sonderbaren Mienen der Tante schiene, als hätten sie oder die Aufwärterin uns belauscht. Ich wäre in Verzweiflung, da ich nicht wisse, was er während meines unglückseligen Schlafes mit mir angefangen und wie weit er seine schamlose Frechheit getrieben habe. Ich befände mich seit jener Zeit unwohl und in fieberhafter Aufregung und müsse fürchten, daß das Schrecklichste mit mir geschehen sei. Das nahm Franzl alles für bare Münze und wußte gar nicht, wie er mich beruhigen und trösten sollte.

Bei alledem kamen wir meiner Wohnung immer näher, und wenn es mit Vorwürfen und Entschuldigungen so fortgegangen wäre, hätten wir uns wahrscheinlich getrennt, ohne daß unser Verhältnis anders geworden wäre.

In höchster Aufregung wurde mir daher plötzlich übel, so daß Franzl einen Fiaker holen mußte. Und wahrlich, hätte ich ihn nicht halb und halb hineingezogen, ich glaube, er hätte mich allein nach Hause fahren lassen. In der traulichen Enge und dem Dunkel des Wagens konnte er mir aber nicht entgehen; nur war meine Sorge, daß wir in einigen Minuten vor meinem Hause sein mußten. Ich sagte ihm daher, so verweint und aufgelöst könne ich mich vor meiner Tante nicht sehen lassen, er solle dem Kutscher sagen, daß er uns wenigstens einige Zeit auf dem Glacis umherfahre, damit ich erst wieder zu mir käme. Das geschah, und nun ging alles nach Wunsch. Aus Tränen wurden Küsse, aus Vorwürfen Liebkosungen. Ich empfand zum ersten Mal den ganzen Reiz der Umarmung eines Mannes, sträubte mich zwar, aber doch nicht so entschieden, daß seine Schüchternheit ihn hätte aufhören lassen. Und ich wollte immer wieder wissen, was er eigentlich während meines Schlafs mit mir gemacht habe.

Als alle Erklärungen und Beteuerungen nicht ausreichten, versuchte er mir endlich praktisch zu beweisen, daß er sich wirklich mit wenigem begnügte. Seine Hand suchte und wagte die erste Berührung, die eine ganz andere Wirkung hervorrief, als jene in meinem Scheinschlafe, denn er verschloß dabei meinen Mund mit Küssen.

Anfangs verschloß ich mich ihm, neigte mich ihm aber nach und nach zu, wie von seinen Liebkosungen überwältigt, seufzte, ließ meine Vorwürfe im kürzer werdenden Atem ersticken und genoß nun mit unbeschreiblichem Vergnügen seine Zärtlichkeiten. Er benahm sich dabei freilich ungeschickt und unerfahren. Ich verstand es besser, den rechten Punkt und den rechten Augenblick zu treffen, aber eben diese Unerfahrenheit übte einen außerordentlichen Reiz auf mich aus, und ich dachte mehr an die Genüsse, die bei vertrauter Bekanntschaft mit ihm meiner harrten, als an die Gegenwart. Die Zeit verflog so rasch, daß ich endlich eilen mußte, nach Hause zu kommen.

Diesmal trennte ich mich mit der Gewißheit von Franzl, daß er wiederkommen würde, und ich täuschte mich nicht. Er kam, und es begann eine Reihe von glücklichen und genußreichen Stunden, die mir jetzt noch eine angenehme Erinnerung sind, obgleich ich das Leben seitdem viel voller und reicher kennengelernt habe.

Nach jenen Erklärungen und Vertraulichkeiten im Fiaker wurde das Verhältnis zwischen Franzl und mir recht eigentümlich. Da ich ihn nicht liebte – dieses wunderbar mächtige Gefühl sollte ich erst später und zu meinem Unglück kennenlernen – , hatte ich fest beschlossen, daß ich ihm nie das ganze Recht eines Mannes gestatten wollte. Er sollte mir nur zum Amüsement dienen – durch ihn wollte ich erfahren, was sich ohne Gefahr kennenlernen ließ. Natürlich wurde er nach und nach dreister, aber eben, weil ich ihm nie die letzte Gunst gestattete, behielt ich stets Gewalt über ihn und konnte ihn mit einem Wort leiten. Sooft ich mit ihm allein war – und ich war darauf bedacht, daß dies nicht zu oft geschah – , hatte ich die reizendsten Augenblicke. Freilich hatte ich immer genug zu tun, um ihn von mir abzuhalten. Sowie er sich beharrlich an mich drängte, sich unbemerkt zu entblößen versuchte und dem Hauptziel zustrebte, warf ich ihn mit einer geschickten Wendung zurück und wurde erst wieder nachgiebig, wenn er versprach, bescheiden zu sein. Das wurde dem armen Jungen herzlich schwer, und ich bemerkte einige Male, daß er in der höchsten Aufregung nicht mehr Herr über sich blieb...Entsetzlich neugierig war ich schon längst gewesen, jenes wunderbare, von der Natur so sinnreich ausgestattete Etwas näher kennenzulernen, mit dem der Mann uns so unbeschreiblich glücklich, aber auch so namenlos unglücklich machen kann. Ich müßte wenig weiblichen Mutterwitz besessen haben, wenn ich nicht auch darin bald meinen Willen gehabt hätte.

Natürlich durfte er nicht merken, was ich eigentlich wünschte, im Gegenteil, er mußte glauben, daß er mich zu jedem Schritt weiter auf dieser abschüssigen Bahn verführt habe. Das beste Mittel war, ihn selbst das tun zu lassen, was ich eigentlich bei ihm tun wollte. Doch selbst in den Augenblicken des höchsten Vergnügens verließ mich das Bewußtsein nicht, daß alles auf dem Spiel stand, wenn ich mich in dem Hauptpunkt nachgiebig zeigte. Ganz bescheiden mußte er von seinem vermeintlich schon eroberten Thron wieder herabsteigen und sich dorthin wenden, wo ich ohne Gefahr Vergnügen genießen konnte.

Was Marguerite mir von ihren heimlichen Spielen mit ihrer Herrin erzählt hatte, das erfuhr ich jetzt an mir selbst...Wenn ich sorglos und ruhig genießend daliegen konnte, dann verglich ich im stillen, wie viel glücklicher ich war, als die Baronin. Bei mir war es ein hübscher, junger, kräftiger Mann, bei ihr war es nur Marguerite gewesen. Ich konnte sehen, welch mächtige Wirkung meine Hingebung auf ihn ausübte. Er war unbeschreiblich reizend, besonders im Moment des höchsten Entzückens. Ich leugne keinen Augenblick, daß diese Art des Genusses auf mich stets einen außerordentlichen Reiz ausgeübt hat. Es liegt teilweise an der eigenen, vollkommenen Untätigkeit, mit der das Weib die Liebkosungen des Mannes genießt, teils aber auch in der Ungewöhnlichkeit der Huldigung, die ihr dadurch dargebracht wird. Denn wie gesagt, sie ist selten, namentlich dann, wenn der Mann ein Recht hat, mehr zu verlangen. Schon in der ganz äußerlichen Berührung mit dem Munde, in dem ganz einfachen Kusse zeigt sich eine berauschende Wirkung!

Es ist mir in der Tat leichter geworden, Ihnen alles Bisherige einzugestehen, als das, was nun folgt. Ich entsage dadurch dem schönen Vorrecht des Weibes, immer nur die Gewährende, halb Gezwungene zu sein. Aber es soll nun einmal Wahrheit zwischen uns sein, und was ich kaum den Mut haben würde, Ihnen mündlich zu sagen, das soll deswegen nicht ungesagt bleiben.

Es war selbstverständlich, daß ich mich für soviel Liebenswürdigkeit und Hingebung meines Franzl revanchieren mußte. Längst hatte ich gewünscht, dasselbe zu tun, was ich an jenem Tage bei meiner Mutter gesehen hatte, als sie meinen Vater zu wiederholtem Genusse aufforderte. Und siehe da, die Sache machte sich wie von selbst... Sollte ich hier, wo ich dieses sage, leugnen, daß ich endlich in einen wahren Taumel des Vergnügens geriet...

Noch jetzt jagt mir das Blut durch die Adern, wenn ich daran denke, und wahrlich, ich bereue auch noch jetzt nichts von alledem, was ich damals getan habe. Nur was ich später tat, hat mir Reue, bittere Reue eingetragen, obgleich ich es Ihrer uneigennützigen Freundschaft verdanke, daß diese Reue nicht mein ganzes übriges Leben vergiftet hat. An mir selbst habe ich es erlebt, daß man nicht immer ungestraft mit dem Feuer spielen darf, und daß auch der festeste Vorsatz endlich von einem verräterischen Zucken der Nerven, einem geheimnisvollen Drang in unserm Innern überwältigt wird. Es wäre traurig, wenn irgendein junges Mädchen beim Lesen dieser Briefe – denn ich kann ja nicht wissen, welchen Gebrauch Sie davon machen werden, obgleich ich die feste Überzeugung habe, daß es für mich kein unedler sein wird – sich verführen ließe, in allen Stücken ebenso handeln zu wollen, alle Versuche ebenso zu wagen, wie ich es, von den Umständen begünstigt, getan habe. Wenn sie zum Beispiel dieses Spiel öfter als einmal in der Woche treiben wollte, so würden körperliche Schwäche und Krankheiten unvermeidliche Folgen sein. Wenn sie sich dem vertrauten Umgang mit einer Freundin überließe, ohne vorher ihrer Verschwiegenheit und der Verhältnisse sicher zu sein, würde Plauderhaftigkeit die unangenehmsten Folgen herbeiführen können. Wenn sie einem jungen Mann, der sie nicht heiraten kann, Vertraulichkeiten gestattete und nicht genau wüßte, daß sie Herrin ihrer Sinne bleiben kann, so würde sie durch nur einen unbewachten Augenblick ihr ganzes übriges Leben vergiften! Viele Bücher schildern die Sache selbst in den reizendsten, aufregendsten Formen, aber keines spricht von den Folgen, keines zeigt, was ein Mädchen alles auf das Spiel setzt, wenn es sich rückhaltlos einem Manne hingibt; keines schildert die Reue, die Schande, den Verlust des guten Rufes, selbst die körperlichen Leiden nicht, die sie treffen können. Deshalb ist die Ehe ein so vortreffliches, gar nicht genug zu verehrendes Institut; darum muß jeder vernünftige Mensch alles tun, um sie aufrecht zu erhalten und sie mit jeder Art von Achtung und Sicherheit zu umgeben. Das ist meine feste Überzeugung, obgleich ich mich selbst noch nicht vermählt habe. Eine Künstlerin darf sich nicht binden. Sie kann nicht zugleich Hausfrau, Familienmutter und der Liebling des Publikums sein, aber ich fühle, daß ich eine gewissenhafte Gattin und zärtliche Mutter sein würde – vorausgesetzt, daß mein Mann mich so glücklich machte, wie ich es dann um ihn verdienen würde.

6. Brief

Am Schlusse meines letzten Briefes bin ich wider meinen Willen ernsthaft geworden! Das ist nun einmal eine Eigenschaft meines Charakters. Immer sehe ich die Folgen der Dinge voraus, immer muß ich mir Rechenschaft von allen Eindrücken, Gefühlen und Erfahrungen geben. Selbst der heftigste Sinnesrausch hat diese Richtung meines Geistes nicht beeinflussen können. Gerade heute komme ich zu einem Abschnitt in meinen Geständnissen, der Ihnen das beweisen wird.

Das Verhältnis mit meinem Franzl hatte lange Zeit einen ungestörten Fortgang. Ich war stets vorsichtig, so daß meine Tante nicht das geringste merkte.

Ebenso blieben unsere Zusammenkünfte allen, die uns kannten, und mit denen wir umgingen, ein Geheimnis. Dabei achtete ich mit Sorgfalt darauf, daß wir uns nie öfter als einmal in der Woche allein befanden, weil ich wohl fühlte, daß es sonst der Gesundheit und dem Wohlbefinden schädlich sein könnte.

Je mehr sich aber der Zeitpunkt näherte, an dem ich zum erstenmal auftreten sollte, desto zuversichtlicher wurde mein anfangs so ängstlicher Franzl. Er glaubte bereits, Rechte über mich gewonnen zu haben, und wurde herrisch wie alle Männer, die sich ungestörten Besitzes bewußt sind. So hatten wir aber nicht gewettet! Kaum bemerkte ich das des öfteren, als mein Plan auch schon feststand. Im Begriff, eine glänzende Karriere zu beginnen, sollte ich mich an einen unbedeutenden Menschen fesseln, den ich in mancherlei Beziehung übersah? Nimmermehr! Mit ihm brechen und in Unfrieden scheiden, war gefährlich, denn wer hätte mir seine Diskretion garantiert? Das mußte geschickt begonnen werden! Es gelang mir, das Verhältnis so zu lösen, daß er noch jetzt glaubt, ich wäre bereit gewesen, ihn zu heiraten, wenn der Zufall uns nicht getrennt hätte. Dieser Zufall war aber eine wohlangelegte, feine Intrige. Ich ließ meinen Gesanglehrer merken, daß sein Korrepetitor mich mit seinen Liebesanträgen verfolge, und daß ich nicht abgeneigt sei, der glänzenden Laufbahn einer Künstlerin zu entsagen, um mich mit »einer Hütte und einem Herzen« zu begnügen. Das genügte, um meinen Professor – der stolz darauf war, mich ausgebildet zu haben, und großen Vorteil für sich von meinem Auftreten erwartete – in Harnisch zu bringen. Natürlich beschwor ich ihn, meinen guten Franzl wegen seiner Liebe zu mir nicht unglücklich zu machen, weil ich sonst so viel weinen müsse, daß meine Stimme gewiß sehr darunter leiden würde. Auch das verfehlte seine Wirkung nicht. Kurz, Franzl bekam eine gute Anstellung in Pest beim dortigen Theaterorchester. Wir nahmen zärtlich Abschied voneinander, und ich war das Verhältnis mit ihm los, ohne daß ich um meinen Ruf zu fürchten brauchte. Kurze Zeit nach unserer Trennung hatte ich mein erstes Debüt im Kärntnertor-Theater. Mit welchem Glück und welchem Erfolg, wissen Sie ja. Ich schwamm in einem Meer von Wonne. Alle Welt kam mir entgegen, man drängte sich um mich; Applaus, Geld, Berühmtheit jagten einander. Natürlich fehlte es auch nicht an Courmachern, Enthusiasten und Liebhabern. Der eine glaubte, mit Gedichten, der andere, mit kostbaren Geschenken an sein Ziel zu kommen, aber ich hatte bereits so viel gelernt und überzeugte mich durch die Erfahrung, daß eine Künstlerin weder ihre Eitelkeit noch ihre Gefühle, am wenigsten aber ihre Sinne sprechen lassen darf, wenn sie nicht alles aufs Spiel setzen will, daß ich mir den Schein erhielt, kalt und abweisend zu sein, und sehr bald in den Ruf einer unnahbaren Tugend kam.

Niemand ahnte, daß ich nach dem Verlust Franzls wieder zu meinen verschwiegenen Freuden am Sonnabend zurückkehrte und den Genuß des warmen Bades mit noch ganz anderen Genüssen würzte. Nie habe ich mich aber verführen lassen, das öfter als einmal in der Woche zu tun, wozu die Sinne mich nur zu lebhaft aufforderten, namentlich wenn ich eine gute Rolle gesungen, und die Huldigungen von allen Seiten mich aufgeregt hatten. Da ich jetzt von tausend Augen beobachtet wurde, war ich außerordentlich vorsichtig in meinem Umgang. Die Tante mußte mich auf Schritt und Tritt begleiten, und niemand konnte mir das geringste nachsagen.

Das dauerte den ganzen Winter über. Ich verfügte nun über ein festes Einkommen und hatte mich, zwar nicht glänzend, aber doch sehr behaglich, eingerichtet, wurde in die beste Gesellschaft eingeführt und fühlte mich durchaus glücklich. Nur hin und wieder dachte ich mit Bedauern daran, daß ich meinen Franzl verloren hatte; denn alles, was ich allein genoß, ließ doch immer nur den Wunsch nach einer vollständigen Befriedigung zurück. Dafür sollte mich ein glückliches Zusammentreffen von Umständen während des Sommers entschädigen. Ich war in das Haus eines reichen Wiener Bankiers eingeführt worden und erhielt von dessen Frau Beweise der aufrichtigsten Freundschaft. Ihr Mann hatte sich mir zu nähern versucht, in der Hoffnung, durch seinen Reichtum leichtes Spiel bei der Theaterprinzessin zu haben. Als er, wie alle anderen, kühl abgewiesen wurde, glaubte er, vielleicht leichteren, unverdächtigeren Zugang zu gewinnen, wenn er mich in sein Haus einführte. So wurde ich der fast tägliche Gast dort, wies aber die fortgesetzten Nachstellungen des Mannes ab und gewann nach und nach, vielleicht gerade dadurch, die Freundschaft seiner Frau, die ich auf geschickte Art erkennen ließ, daß er vergebens bei mir schmachte. Rudolfine, so hieß meine Freundin, war siebenundzwanzig Jahre alt, eine reizende Brünette von den weichsten, weiblichen Formen, ungemein lebhaft und feurig in allem, was sie tat, in ihrer Ehe aber kinderlos geblieben und ihrem Mann, von dessen Nebenwegen sie wußte, ziemlich fremd geworden. Beide behandelten sich achtungsvoll, versagten sich auch die ehelichen Freuden nicht, aber die Ehe war dessenungeachtet nicht vertraulich, sich gegenseitig hingebend. Wahrscheinlich wußte ihr Mann so wenig wie ich zunächst, daß sie ein außerordentlich begehrliches Naturell besaß, welches sie mit großer Geschicklichkeit zu verbergen wußte. Ich sollte aber bald genug die überzeugendsten Beweise ihrer Neigungen erhalten. Mit dem Beginn des warmen Wetters zog Rudolfine in eine reizende Villa in Baden, wo ihr Mann sie regelmäßig, wenn seine Geschäfte es erlaubten, am Sonntag besuchte und dann auch wohl einige seiner Freunde mitbrachte. Dahin lud Rudolfine mich ein, als die Opernvorstellungen aufhörten. Diese Erholung auf dem Lande war mir sehr willkommen.

Bis dahin war zwischen uns lediglich von Musik, Toilette und Kunst die Rede gewesen. Nun aber gewannen unsere Unterhaltungen sehr bald einen anderen Charakter. Das Thema der Liebeleien ihres Mannes führte dazu, und ich merkte rasch genug, daß sie die Flatterhaftigkeit ihres Mannes an den Entbehrungen maß, die er ihr dadurch auferlegte. Ihre Klagen wurden so deutlich und machten so wenig Hehl aus dem Gegenstande, dem sie galten, daß ich mir sofort vornahm, bei ihr die Rolle einer ganz Unschuldigen, ja bis zum äußersten Unerfahrenen zu spielen.

Damit hatte ich ihre und aller jungen Frauen schwache Seite getroffen, denn sie fing sogleich an, mich zu belehren, und je unwissender ich mich stellte, je unglaublicher mir alles vorkam, was sie mir begreiflich machen wollte, desto eifriger wurde sie, desto mehr gingen die Lippen über, wovon das Herz voll war. Es machte ihr das größte Vergnügen, mich über alle möglichen Dinge aufzuklären, von denen ich doch schon mehr als genug wußte. Ich tat aber so, als käme ich aus dem Erstaunen nicht mehr heraus; und sie ihrerseits war verblüfft, bei einer jungen Künstlerin, die mit so viel Feuer spielte, eine solche Unwissenheit zu finden. Schon am vierten Tage meines Aufenthaltes nahmen wir ein Bad zusammen, und da konnte es nicht fehlen, daß der theoretische Unterricht in die praktische Seite überging. Je unbeholfener und schamhafter ich mich stellte, desto mehr Vergnügen schien es ihr zu machen, eine Novize einzuweihen. Je mehr ich mich zierte, desto mehr kam sie in Feuer, und da es bei hellem Tageslicht und im Bad doch zu weiter nichts kam, als zum Kitzeln, Lachen und Scherzen, sah ich voraus, daß sie ihren ganzen Scharfsinn anwenden würde, um eine gemeinsame Nacht mit mir zu arrangieren. Die Erinnerung an jene Unterrichtsnacht im Bett Marguerites kam mit solcher Gewalt über mich – denn Rudolfine hatte einen vollendeten Körper und schien außerordentlich erregbar – , daß ich ihrem Wunsche mit größter Unbefangenheit auf halbem Wege entgegenkam, was sie abermals für vollendete Unschuld hielt. Sie glaubte, mich unterrichten zu können, dabei führte ich sie am Gängelband. Ihr Schlafzimmer war mit allem Luxus, den einer der ersten Bankiers von Wien nur erdenken konnte, und mit allem Raffinement wie für eine Brautnacht ausgestattet.

Rudolfine war hier zur Frau geworden; sie erzählte mir, der wißbegierigen Unschuld, haargenau und ausführlich ihre Erfahrungen und Empfindungen, als die Blume ihrer Jungfräulichkeit gebrochen wurde. Da sie kein Hehl daraus machte, daß sie wollüstig sei, konnte ich ihr glauben, als sie versicherte, bis einige Monate nach ihrer zweiten Entbindung durchaus kein Vergnügen bei den damals noch häufigen Umarmungen ihres Mannes empfunden zu haben, und daß dies erst nach und nach erwacht, dann aber rasch übermäßig geworden sei. So unwahrscheinlich mir dies anfangs schien, da ich selbst so früh ein außerordentlich reizbares Temperament gehabt hatte, so war ich doch von der Wahrheit dieser Aussage überzeugt. Die Schuld soll häufig der Mann tragen, wenn er zu rasch endet und es nicht versteht, die Sinnlichkeit der Frau anzuregen, oder sie auf halbem Wege zurückläßt. Jedenfalls war Rudolfine für die anfänglichen Entbehrungen entschädigt worden, denn sie war in der Tat ein ebenso bezauberndes wie begehrliches Weib, das jetzt nur mit Unwillen die Vernachlässigung durch ihren Mann ertrug.

Unser Verhältnis sollte sich bald noch interessanter gestalten, denn Rudolfine wußte sich in der Stille für die Flatterhaftigkeit ihres Mannes schadlos zu halten. Dicht neben ihrer Villa wohnte ein italienischer Fürst, der in Wien lebte und seine Geldgeschäfte durch den Mann Rudolfines betreiben ließ. Sein Reichtum machte den Bankier zum gehorsamen Diener des Italieners, der, schon hoch in den Dreißigern, nach außen hin ein sehr ernster, stolzer und wissenschaftlich gebildeter Mann schien; dahinter aber verbarg sich heftige Sinnlichkeit. Dafür war er von der Natur mit einer außerordentlichen Körperkraft ausgerüstet worden. Er war der vollendetste Egoist, der mir je vorgekommen ist. Er kannte nur ein Ziel: den Genuß in jeder Gestalt! Nur ein Gesetz: bei allen seinen Genüssen sich mit Schlauheit vor den Folgen zu bewahren! Ich sollte diesen Menschen sehr genau kennenlernen, freue mich aber noch heute darüber, daß er an mir seine Meisterin gefunden hat.

Obwohl der Fürst häufiger zum Diner oder zum Tee erschien, wenn Rudolfines Mann uns besuchte, hatte ich doch nicht die geringste Ahnung von dem vertrauten Verhältnis des Fürsten zu Rudolfine – so vollkommen wußte er sich zu beherrschen. Nur der Zufall machte mich zur Mitwisserin, denn auch Rudolfine hütete sich wohl, mich ins Vertrauen zu ziehen.

Die Gärten der beiden Villen lagen nebeneinander. Als ich eines Tages im Garten hinter einer Hecke Blumen pflückte, bemerkte ich, daß Rudolfine an einer Ecke des Zaunes ein kleines Papier hervorzog, es schnell in ihrem Busen barg und dann ihr Zimmer aufsuchte. Da ich bereits etwas ahnte, schlich ich ihr nach, sah mit einem Blick durchs Fenster, daß sie eifrig ein kleines Billet las, es dann sogleich an der Flamme eines Zündholzes verbrannte und sich an den Schreibtisch setzte, um – vermutlich – eine Antwort zu schreiben. Um sie sicher zu machen, ging ich in mein Zimmer, sang laut, tat, als ob ich übte, setzte mich aber so, daß ich durch das Fenster die Stelle beobachten konnte, der sie das Papier entnommen hatte. Meine Vermutung hatte mich nicht getäuscht. – Bald darauf erschien Rudolfine im Garten, ging, möglichst unbefangen tuend, am Zaun entlang, spielte mit den Blättern und verbarg die Antwort so geschickt, daß selbst ich nichts bemerken konnte, die Stelle aber sorgfältig im Auge behielt, an der sie sich am längsten aufgehalten hatte. Kaum war sie wieder in ihrem Zimmer und hatte sich einem Besuch aus Wien gewidmet, der inzwischen eingetroffen war, ging ich hinunter in den Garten und entdeckte hier leicht das hinter Blättern in eine Zaunspalte eingeklemmte Papier. In meinem Zimmer las ich: »Heute nicht, Pauline schläft bei mir. Morgen schaffe ich sie mir vom Hals, indem ich ihr sagen werde, daß ich unwohl bin. Für Dich bin ich es natürlich nicht. Also morgen bitte wie gewöhnlich um elf Uhr.«.

Das Billet war in italienischer Sprache und mit verstellten Schriftzügen geschrieben. Da ich alles durchschaute, stand mein Plan bald fest. Ich steckte das Papier nicht wieder an seinen Ort; die Folge mußte sein, daß der Fürst diese Nacht kam und uns beide im Bett überraschte. Ich, die Unschuldige, kam so in den Besitz ihres Geheimnisses und sah voraus, daß auch ich dabei nicht leer ausgehen würde. Wie der Fürst in das Schlafzimmer Rudolfines gelangen sollte, davon konnte ich mir allerdings keinen Begriff machen. Wir hatten schon beim Frühstück verabredet, daß wir heute nacht wieder zusammen schlafen wollten – daher die Ablehnung seines Besuches. Beim Tee gab sie mir dann zu verstehen, daß wir in den nächsten acht Tagen das Bett nicht teilen könnten.

Die Schlaue glaubte, mich zu täuschen, doch ich hatte sie längst in meinen Banden. Vorderhand kam es darauf an, sie bis um elf Uhr zum Einschlafen zu bringen, damit sie nicht im Augenblick des Erscheinens des Fürsten noch ein Mittel fände, die Überraschung zu verhindern.

Ich trieb daher schon früh zum Zubettgehen und war so ausgelassen, liebkoste sie so zärtlich und unaufhörlich, daß sie endlich vor Mattigkeit einschlief. Das Nachttischlicht hatte ich gelöscht und war voller Neugier, ob meine List auch gelingen würde, woran ich nicht zweifelte. Plötzlich hörte ich vom Alkoven, der als Garderobe diente, ein leises Knarren der Dielen, ein Schlurren vorsichtiger Tritte, dann öffnete sich die Tür. Ich hörte atmen, das Ablegen von Kleidern; jemand näherte sich dem Bett auf der Seite, die Rudolfine einnahm. Nun war ich meiner Sache gewiß. Natürlich gab ich mir den Anschein, fest zu schlafen. Der Fürst hob die Decke auf und legte sich neben Rudolfine, die augenblicklich erwachte und am ganzen Leibe zitterte. Die Katastrophe war unabwendbar. Er ging unmittelbar dazu über, sich seinen Freuden hinzugeben; sie wehrte ab und flüsterte ihm zu, ob er denn ihre Antwort nicht erhalten habe?

Inzwischen hatte er meine Hand gefaßt. Ich schrie auf, tat, als ob ich mich nicht zu fassen wüßte, zitterte und bebte, schmiegte mich an Rudolfine und hatte meine Freude an dem entsetzlichen Schock, unter dessen Wirkung beide standen. Der Fürst hatte sich zu einem Fluch hinreißen lassen, und Rudolfine kam übel an, als sie mir beim Erkennen ihrer Lage weismachen wollte, es wäre ihr Mann, der sie unerwartet besuche. Ich widersprach energisch, da ich ja die Stimme erkannt hätte, und machte ihr heftige Vorwürfe darüber, daß meine Jugend und Schamhaftigkeit einer so fürchterlichen Szene preisgegeben werde. Rudolfine verlor ihre Geistesgegenwart und wußte nicht, was sie sagen, wie sie sich verhalten sollte.

Der Fürst aber, als vollendeter Galantuomo, übersah sehr bald, daß nun nichts mehr zu verlieren, für ihn aber ein erhöhter Reiz zu gewinnen sei. Das hatte ich auch von ihm erwartet und eben darauf meine Berechnung abgestellt. Mit liebenswürdigen Scherzworten, die dem sonderbaren Abenteuer gleich die Spitze abbrachen, eilte er erst zu den Türen des Schlafzimmers, zog die Schlüssel ab und placierte sich dann so, daß Rudolfine zwischen uns zu liegen kam. Nun folgten Entschuldigungen, Erklärungen, Vorwürfe, die indessen zu nichts weiter als der Überzeugung führten, daß sich nichts an der Sache ändern lasse, und daß wir alle drei verschwiegen sein müßten, wenn nicht jeder von uns die unangenehmsten Folgen aus diesem Zusammentreffen unerklärlicher Zufälle haben wollte. Mit jedem Wort des Fürsten wurde Rudolfine mutiger und gab zu verstehen, daß nichts Besseres zu tun sei, als mich zur Teilnehmerin, also zur Mitschuldigen zu machen.

Sie sehen, Marguerite hatte mir nicht umsonst von ihrem Abenteuer in Genf erzählt. In der Hauptsache war es mit mir in Baden dasselbe und doch verschieden, da hier beide Teilnehmer, der Fürst ebenso wie Rudolfine, nicht ahnten, daß sie die Marionetten in meiner Hand waren!

Rudolfine machte nunmehr kein Hehl aus ihrem schon längst vertrauten Verhältnis zum Fürsten, sondern weihte ihn in alles ein, was sie mit mir getrieben hatte, und was ich, die kleine Unschuldige, mit mir hatte treiben lassen, ja, wie ich vor Neugierde brenne, über gewisse Dinge recht genau unterrichtet zu werden. Ich merkte, wie diese Schilderungen den Fürsten in Feuer und Flamme setzten. Je fester ich Rudolfine den Mund zuhielt, desto lebendiger wurde sie in der Schilderung meiner Neugierde, meiner nur von der Scham zurückgehaltenen Sinnlichkeit und meiner verborgenen Schönheiten.

Ich merkte, daß der Fürst nicht müßig blieb. Während ich vor Neugierde hätte vergehen mögen, sprach Rudolfine immer weiter, aber bei jeder Bewegung, die der Fürst machte, abgebrochener. Dann fing auch sie an, sich zu bewegen, und suchte in der beginnenden Ekstase auch mich an ihrem Vergnügen teilnehmen zu lassen, was ich mir geduldig gefallen ließ...

Gegen Mittag machte der Fürst Rudolfine einen kurzen Besuch, eine »Anstandsvisite«, die auch mir gelten sollte, aber ich ließ Unwohlsein vorschützen und erschien nicht. Um so gewisser konnte ich sein, daß beide Maßregeln verabreden würden, um meinen Widerstand zu überwinden und mich zur vertrauten Genossin ihres geheimen Umgangs zu machen. Da ich nicht mehr bei Rudolfine schlafen wollte, mußten sie auf Mittel sinnen, mich in meinem Schlafzimmer zu überraschen. Am Nachmittag und Abend sprach Rudolfine nicht mehr von der vergangenen Nacht, aber sie begleitete mich in mein Schlafzimmer, schickte die Kammerjungfer fort, nachdem ich zu Bett gegangen war, schloß selbst die Tür des Vorzimmers hinter sich ab, so daß niemand von der Dienerschaft die vorderen Zimmer erreichen konnte, setzte sich dann auf mein

Bett und begann nun um so eindringlicher auf mich einzureden – mir alles reizvoll, einladend und gefahrlos zu schildern. Ich tat so, als ob ich nicht einmal ahnte, daß der Fürst schon in ihrem Zimmer, vielleicht gar schon vor meiner Tür sei und unser Gespräch mit anhörte, um im richtigen Augenblick erscheinen zu können. Mein Scharfsinn sagte mir, daß es gar nicht anders sein könne. Ich mußte also geschickt nachgeben und stufenweise auf ihr Zureden eingehen. »Ein schrecklicher Gedanke für mich. Und dann die Hemmung, mich einem Mann bedingungslos hinzugeben! Ich weiß nicht, was ich tun soll! Du schilderst mir das alles so reizend, und meine Sinne drängen gebieterisch, Deinem Rate zu folgen, daß ich um alles in der Welt nicht noch eine Nacht wie die gestrige erleben möchte, denn ich fürchte und fühle nur zu deutlich, daß ich trotz aller Hemmungen und trotz aller Besorgnis nicht die Kraft haben würde, zu widerstehen. Du hast recht, der Fürst ist ein ebenso schöner wie liebenswürdiger Mann, und Du kannst Dir nicht vorstellen, welche Gefühle in mir wach wurden, als ich hörte, wie glücklich Ihr beide dicht neben mir wart.«

»Auch ich hatte ein doppeltes Vergnügen. Nie hätte ich geglaubt, daß ein Genuß zu dritt so reizend sein könnte, wie ich gestern an mir selbst erfahren habe! Ich hatte zwar schon oft davon gelesen, aber die Schilderungen schienen mir übertrieben. So widerwärtig mir der Gedanke ist, daß sich eine Frau zwei Männern überlassen kann, so reizend und unwiderstehlich scheint mir das Verhältnis von zwei Frauen mit einem diskreten und verständigen Mann – wohlverstanden, wenn diese, wie wir beiden Frauen, wirkliche Freundinnen sind. Die eine darf aber nicht schamhafter und scheuer sein als die andere. Und das ist vorderhand noch Dein Fehler, mein süßes Paulinchen!«

»Gut, daß Dein Fürst nicht hier ist und unsere Unterhaltung belauschen kann! Ich wüßte gar nicht, wie ich mich gegen ihn verteidigen sollte. Deine Worte haben in mir ein verzehrendes Feuer entfacht. In diesem Glühofen schmelze ich dahin, werde willenlos.«

Mit einer Schlauheit, um die ich sie beneidete, die ich aber nicht durchkreuzen durfte, wenn ich nicht aus der Rolle fallen wollte, sagte sie dem Fürsten, daß ich endlich eingewilligt habe und zu allem bereit sei...

Der Fürst war von außerordentlicher Vornehmheit und Liebenswürdigkeit. Weit davon entfernt, seine errungenen Vorteile zu nutzen, behandelte er uns beide mit der größten Zartheit, nahm nichts, was ihm nicht gewährt wurde, sprach mit hinreißendem Feuer von dem Glück, das ihm ein günstiger Zufall durch die Bekanntschaft mit mir verschafft hätte, und malte das zwischen uns beginnende Verhältnis in den gefälligsten Farben aus. Ich hatte mir schon längst überlegt, wie ich den Fürsten über meine vermeintliche Jungfernschaft täuschen sollte, denn jener erste Gebrauch von Marguerites Godemiché hatte mich ja dieses bei Männern so hoch im Preis stehenden Vorzugs beraubt. Da ich mich einmal hingegeben und mich einverstanden erklärt hatte, die Dritte im Bunde zu sein, tat ich so, als ob ich alle Ziererei verbannte und ließ mit mir machen, was beide wollten...

Meinen Willen hatte ich nun gehabt. Jetzt kam es darauf an, ebenfalls zu genießen und dabei doch nicht aus der Rolle einer Verführten zu fallen. Jedenfalls war die Hauptsache geschehen, das Eis gebrochen! Für den Fürsten wie für Rudolfine blieb es ein besonderer Reiz, mich zu trösten und zu belehren, da sie glaubten, eine vollkommene Novize geweiht zu haben.

Der Fürst war ehrlich genug, nicht von Liebe, Sehnsucht und Treue zu reden. Er war nur sinnlich, aber mit Delikatesse, wußte er doch, daß der Genuß größer ist, wenn delikate Behandlung ihn würzt. Zwar spielte ich noch immer die Betroffene, aber ich begriff sehr rasch, was man mich lehrte. Je verwickelter die Küsse, je freier die Hände wurden, desto rascher wallte das Blut, desto empfindsamer spielten die Nerven. Einen solchen Mann zu küssen, ist schon ein außerordentliches Vergnügen! Daß man diese unvergleichliche Nacht nicht vergißt, werden Sie gewiß begreifen.

Lange vor Tagesanbruch verabschiedete sich der Fürst, und wir beide schliefen in fester Umarmung bis zum nächsten Mittag.

7. Brief

Nachdem wir uns durch einen langen, erquicklichen Schlaf von den Anstrengungen der verflossenen Nacht erholt hatten, frühstückten wir, und dann mußte Rudolfine mir beichten, das heißt, mir die Geschichte ihrer Ehe und ihres Verhältnisses mit dem Fürsten in allen Einzelheiten erzählen. Ihre Beichte war nichts weiter als der Bericht eines für sinnliche Genüsse empfänglichen und dabei von ihrem eigenen Manne vernachlässigten Weibes. Der Fürst hatte mit Kennerblick das Geheimnis der Ehe Rudolfines durchschaut; ihre Sinnlichkeit war ihm ebenfalls nicht verborgen geblieben. Unter diesen Umständen hatte er sich ihr in zwar vorsichtiger, doch immerhin nicht zu mißdeutender Weise genähert. Seine glühende, leidenschaftliche Sinnlichkeit unter kalter Maske verbergend, vermied er es sorgfältig, sich zu kompromittieren; dabei hatte er bei Rudolfine geschickt die Flatterhaftigkeit ihres eigenen Gatten als vollgültigen Entschuldigungsgrund für eine etwaige Untreue geltend gemacht. Rudolfine hatte sich ihm, hingerissen durch ihr feuriges Temperament, hingegeben und auf diese Weise Rache und Entschädigung für die Kälte ihres eigenen Gatten geübt. Der Wunsch, sich zu rächen, ist eines der häufigsten, wenn auch selten eingestandenen Motive, die eine verheiratete Frau zum Ehebruch treiben.

Rudolfine gestand mir übrigens, daß sie den Fürsten nicht liebe. Gleichwohl war sie, wie ich später zu entdecken Gelegenheit fand, eifersüchtig, zwar nicht auf seine Zuneigung, doch auf seine Gunstbezeigungen. Auch versicherte sie mir, daß der Fürst der einzige Mann sei, dem sie sich, ihren Gatten ausgenommen, je hingegeben habe. Ich glaubte ihr; Rudolfine hatte ihres Gatten und ihren eigenen, in jeder Beziehung noch untadeligen gesellschaftlichen Ruf zu schonen, und beide Rücksichten geboten in der Wahl ihres Umgangs große Vorsicht. Ihr Gatte würde, wenn auch nicht aus Zuneigung zu ihr – seine Liebe war auf dem Gefrierpunkt angelangt – , so doch aus Stolz, ein Verhalten, das ihn in der Gesellschaft der Lächerlichkeit hätte preisgeben können, nicht ungeahndet gelassen haben.

Unter diesen Umständen zweifle ich nicht, daß der Fürst tatsächlich der einzige Mann war, mit dem der Gatte ihre Gunst teilen mußte, glaube aber hinwiederum mich nicht zu täuschen, wenn ich annehme, daß sie auch vor ihrer Bekanntschaft mit dem Fürsten die leichte Beute jeder versuchten Eroberung gewesen wäre, falls ihr die größte Kupplerin, die Gelegenheit, Hilfe geleistet hätte. Obgleich also Rudolfines Erzählung nicht gerade bemerkenswertes bot, lauschte ich doch ihren Bekenntnissen mit größtem Vergnügen. Überhaupt haben mich derartige vertrauliche Herzensergüsse meiner Geschlechtsgenossinnen stets interessiert, und ich habe nie eine Gelegenheit vorübergehen lassen, solche Beichten mit viel List hervorzulocken, sofern meine Freundinnen nicht freiwillig geneigt waren, mir ihr Herz zu öffnen und mich in die Geheimnisse ihrer Denk-und Empfindungsweise einzuweihen – nicht aus bloßer Neugier. Solch vertrauliche Mitteilungen interessierten mich psychologisch, sie erweiterten meine Welt-und Menschenkenntnis, indem sie mir das Leben oft unter ganz neuen Gesichtswinkeln zeigten und in der Regel bestätigten: »Unsere Gesellschaft basiert auf dem Schein, und es gibt eine Sittlichkeit mit doppeltem Boden: eine Sittlichkeit vor der Welt, und eine andere unter vier Augen.«

In der Tat, welche Erfahrungen hatte ich trotz meiner Jugend in dieser Hinsicht schon gemacht! Erst mein ernster, würdiger Vater, meine keusche Mutter; in welchen Augenblicken höchster Wollust hatte ich sie belauscht! Darauf war es Marguerite, die zwar lebhafte, heitere, aber auch von Anstand und Sittlichkeit schwatzende, ewig moralisierende Gouvernante meiner kleinen Cousine. Welch Bekenntnis hatte sie meinem jugendlichen Ohr an vertraut! Und hatte ich außerdem nicht mit eigenen Augen gesehen, auf welche Weise sie sich wenigstens ein Surrogat jener Genüsse verschaffte, nach denen sie lechzte? Und nun Rudolfine, diese elegante, junge Frau, die sich aus keinem anderen Grunde einem Manne hingab, der nicht der ihrige war, als um Freude zu genießen, die ihr zu spärlich zuteil wurde. Und dann der Fürst, diese äußerlich so kalte, diplomatische, durch und durch geschulte Persönlichkeit; welche Kraft der Sinnlichkeit lebte in ihm! Und hatten sie alle in ihren Kreisen nicht den Ruf größter Sittenstrenge zu behaupten gewußt? Ja, ich hatte recht: die Welt ist auf Schein gegründet! Nun, da ich meinen Zweck erreicht und mich zu Rudolfines und des Fürsten Vertrauten gemacht hatte, hielt ich es auch für unnötig, meine Prüderie, die ich bisher praktiziert hatte, beizubehalten, und gestand Rudolfine offen, wenn auch nicht ohne ein klüglich gekünsteltes Erröten, daß mir das Spiel der vergangenen Nacht und die Umarmung des Fürsten viel Vergnügen bereitet hätten. Ein Geständnis, für das Rudolfine mich zärtlich umarmte und mich an sich drückte. In diesem Augenblick war sie noch ganz entzückt darüber, mir in den Mysterien der Liebe als Lehrmeisterin gedient und einen Genuß verschafft zu haben, den ich in Wirklichkeit weniger ihr selbst, als vielmehr meiner eigenen Schlauheit verdankte.

Am Abend ließ der Fürst nicht auf sich warten und teilte seine Liebkosungen gleichmäßig zwischen Rudolfine und mir. Meine Eitelkeit flüsterte mir zu, daß es dem Fürsten, trotz dieser anscheinenden Unparteilichkeit, mehr um mich als um Rudolfine zu tun sei, wäre es auch nur, weil Rudolfine ihm die gewohnten Genüsse bot, während ich für ihn den Reiz der Neuheit besitzen mußte, und weil Abwechslung, dies brauche ich Ihnen nicht zu sagen, die Würze des Vergnügens ist, und zwar ebenso bei den Männern wie bei den Frauen. Aber warum soll ich Ihnen diese Nacht in all ihren Einzelheiten beschreiben. Ich müßte zu Wiederholungen meine Zuflucht nehmen, und dies wäre für Sie und mich ermüdend, ganz abgesehen davon, daß Ihre eigene Phantasie, in Verbindung mit meinen bisherigen Bekenntnissen, Sie schon hinreichend in den Stand setzen wird, sich die Szenen selbst auszumalen.

Unleugbar hat die erste Liebe eines unerfahrenen Jünglings, dessen Lehrerin man abgegeben, den man allmählich, Schritt für Schritt, in die süßen Geheimnisse des Vergnügens bis zu dessen vollständigster Erschöpfung einweihen kann, für jedes Weib einen unendlichen Reiz. Die Autorität, die das Weib in einem solchen Falle dem Mann gegenüber behauptet, schmeichelt der Eitelkeit; und außerdem liegt in den naiven, wenn auch oft ungeschickten Liebkosungen eines unerfahrenen Mannes für jedes Weib ein unbeschreiblicher Zauber. Die höchste sinnliche Befriedigung aber empfindet das Weib in den Armen eines erfahrenen, mit allen Geheimnissen der Wollust vertrauten Mannes und der Kenntnis, diese auf das höchste zu steigern. Der Fürst war so! Und wenn Sie dabei bedenken, daß er trotz seiner natürlichen Kraft eine gewisse Delikatesse an den Tag legte, das Weib, das sich ihm hingab, nie brutalisierte, stets mehr auf ihr Vergnügen als auf das seinige bedacht zu sein schien und eben darum doppelt genoß, so werden Sie wenigstens eine Ahnung jenes wollüstigen Vergnügens gewinnen, das er Rudolfine und mir in jenen verschwiegenen Nächten bereitete.

Am nächsten Sonntag kam Rudolfines Mann wie üblich aus Wien zu Besuch. Auf ihres Gatten ausdrücklichen Wunsch lud Rudolfine den Fürsten an diesem Tag zum Mittagessen ein. So oft ich den Fürsten auch früher in Wien im Hause von Rudolfines Mann gesehen hatte, so pflegte er in Baden Rudolfines Haus, um ja keinen Verdacht zu erregen, nur sehr selten am Tage zu betreten. Auch ich hatte ihn seit jener Zeit, da ich in sein und Rudolfines Geheimnis eingeweiht wurde, nur in der Nacht gesehen, wo er sich, da die Dinge zwischen uns nun einmal so weit gediehen waren, natürlich keinerlei Zwang aufzuerlegen hatte.

Trotz meiner Selbstbeherrschung, auf die ich einigermaßen bauen konnte, sah ich – ich gestehe es, nicht ohne Herzklopfen – den Fürsten, Rudolfines Einladung Folge leistend, in den Speisesaal treten, und ich glaube, daß bei seinem Anblick wider Willen eine verräterische Röte meine Stirn überflog. Aber das Benehmen des Fürsten beruhigte mich schnell und half mir bald vollkommen über meine Verlegenheit hinweg.

Der Fürst begrüßte Rudolfine mit jener Galanterie, zu der ihn seine Beziehung zu ihrem Gatten zu berechtigen schien, mich selbst zeremoniell und förmlich. Bei Tisch wurde er, nachdem er die ersten Gläser Wein geleert hatte, etwas wärmer, ohne jedoch seine ihm zur zweiten Natur gewordene Zurückhaltung aufzugeben. Kein Mensch, der uns bei Tisch sah, hätte auch nur im entferntesten die innigen Beziehungen ahnen können, die zwischen uns bestanden. Das Benehmen des Fürsten war ausgesucht höflich, nichts weiter, und von aristokratischer Kühle. Er war eine hervorragende Erscheinung. Im Besitz bedeutender Welt-und Lebenserfahrung, verlor er nie die Herrschaft über sich. Unempfindlich gegen die Liebe und infolgedessen ohne Anspruch auf Zärtlichkeit, derer er selbst nicht fähig war, suchte der Fürst nichts als Genuß. Gerade die

Verbindung mit einem solchen Mann mußte mir, die ich gleichfalls nach gewissen Genüssen lechzte, ohne jedoch willens zu sein, mein Herz zu verschenken, von meinem Gesichtspunkt aus doppelt willkommen sein.

Den Kaffee nahmen wir im Garten ein; der Fürst bot Rudolfine den Arm, ihr Gemahl mir den seinigen. Während Rudolfines Mann sich für einige Minuten mit dem Fürsten zur Rücksprache über eine Geschäftsunternehmung entfernte, drückte mir Rudolfine ihr Bedauern darüber aus, daß die Anwesenheit ihres Mannes sie und mich unseres nächtlichen Vergnügens beraube.

Allein, wenn es Rudolfines Absicht war, mich heute nacht zur Enthaltsamkeit zu verurteilen, so stimmte dies mit meinen Plänen durchaus nicht überein. Schon bei der Ankunft ihres Gatten war ich entschlossen, den Fürsten diese Nacht für mich allein zu besitzen. Nur war ich mir nicht klar, wie ich ihm beibringen sollte, daß, wenn Rudolfine diese Nacht auf ihn verzichten müsse, ich um so fester auf ihn rechnete. Aber bald darauf flüsterte der Fürst mir zu, daß ich ihn trotz der Anwesenheit von Rudolfines Mann erwarten solle, falls ich ihm nur den Schlüssel zu meinem Schlafzimmer zustellen wolle. Eine halbe Stunde später war der Schlüssel in seinen Händen!

Er ließ nicht lange auf sich warten. Kurz nach Mitternacht trat er in mein Zimmer – und ich verlebte in seinen Armen entzückende Stunden. Er versicherte mir, daß er mir in allen Beziehungen vor Rudolfine den Vorzug gebe, und die Glut seiner Küsse und die Kraft seiner Liebkosungen zeigten mir zur Genüge, daß er bei dieser Versicherung nicht bloß die Absicht hatte, meiner weiblichen Eitelkeit zu schmeicheln. Er zeigte sich in dieser Nacht so erregt, war so unersättlich in seinen Liebkosungen, daß er mich trotz allem Vergnügen, das er mir verschaffte, zuletzt dermaßen ermüdete, daß ich, gleich nachdem er mich verlassen hatte, in tiefen Schlummer sank und nicht früher erwachte, als bis Rudolfine mich weckte.

Mein erster Blick auf meinen Toilettentisch zeigte mir die Uhr des Fürsten, die er dort hatte liegen lassen. Auch Rudolfine hatte sie bemerkt, und dieser Anblick verriet ihr, in welcher Gesellschaft ich die Nacht verbracht hatte; es erklärte ihr zugleich das Geheimnis meines tiefen Schlummers. Sie machte mir heftige Vorwürfe über meine Unvorsichtigkeit, die sie in den Augen ihres Mannes leicht hätte kompromittieren können. Ich bedeutete ihr jedoch ruhig, daß ich nicht begriffe, wie ich sie zu kompromittieren vermöge, da ihr Mann, der mir ja selbst seine Huldigung dargebracht habe, kein Recht habe, mich zu tadeln, wenn ich dem Fürsten Zutritt gewähre. Aber meine Vernunftgründe taten bei Rudolfine nicht die gewünschte Wirkung und beseitigten keineswegs ihren Unwillen, der weniger der Furcht entsprang, durch mich kompromittiert zu werden, als vielmehr in ihrer Eifersucht begründet lag; sie neidete mir die feurigen Liebkosungen, für die ihre begehrliche Natur in der kalten Umarmung ihres Gatten keinen genügenden Ersatz fand.

Wie sehr ich mich mit dieser Meinung im Recht befand, zeigte sich am folgenden Abend, als wir wieder zu dritt genossen. Rudolfine bot alles auf, um mich auszustechen, den Vorrang über mich zu behaupten und den Fürsten womöglich für sich allein in Beschlag zu nehmen. Ich fand meine Revanche, als bei Rudolfine jener periodisch wiederkehrende Zustand eintrat, der schon nach jüdischem Gesetz jeden Umgang mit einem Mann untersagt. Der Fürst widmete sich nun ausschließlich mir, und dieser Umstand fachte ihre Eifersucht rasch zur Flamme an. Wenn sie den Fürsten auch nicht liebte, so verwundete doch der augenblickliche Vorzug, den er mir angedeihen ließ, ihre Eitelkeit. Unter diesen Umständen konnte es mich nicht überraschen, daß Rudolfine in ihrem Verhalten gegen mich allmählich kälter wurde; bald darauf eröffnete sie mir, daß häusliche Verhältnisse sie nötigten, Baden früher zu verlassen als beabsichtigt. Durch diese Erklärung machte sie zwar meiner Liaison mit dem Fürsten ein Ende, beraubte jedoch auch sich seines Umgangs, da sie den Fürsten in ihrem Haus in Wien nicht empfangen konnte. So wahr ist es, daß Eifersucht und der Wunsch, die Rivalin auszustechen, sich gern und mit Genugtuung selbst einer Entbehrung unterwerfen. Zwischen Frauen der sogenannten guten Gesellschaft findet bei solch delikaten Dingen, wie sie sich zwischen mir und Rudolfine abspielten, keine Erklärung statt; auch nicht zwischen uns beiden. Nichtsdestoweniger ließ ich Rudolfine wissen, daß ich den Grund für ihr verändertes Benehmen in ihrer Eifersucht erkannte; diese Andeutung trug nicht gerade dazu bei, ihre freundschaftlichen Gefühle für mich zu beleben. Wir, die wir so lange fast unzertrennbar gewesen waren, gingen zuletzt auseinander, gegenseitig nur noch Kälte ausstrahlend. Aber ist dies bei weiblichen Freundschaften nicht immer der Fall? So innig und aufopfernd sie auch sein mag, widersteht sie selten dem ersten Frosthauch der Eifersucht!

Ich kehrte also mit Rudolfine nach Wien zurück; da ich dort ihr Haus nur selten besuchte, hatte ich auch selten Gelegenheit, den Fürsten zu sehen. So löste sich meine Verbindung mit dem Fürsten auf. Noch heute denke ich mit Vergnügen an den schönen, geistreichen Mann zurück, der mich nicht die Liebe, jedoch die Wollust lehrte, die ein Weib in der Umarmung eines Mannes empfindet. Muß ich Ihnen sagen, daß ich den durch Rudolfine herbeigeführten Bruch meiner Liaison mit dem Fürsten aufrichtig bedauerte? Fortan war ich, da für den Fürsten ein Ersatz so leicht nicht zu finden war, in gewissen Freuden wieder auf die Unvollkommenheit angewiesen.

Sie kennen das Bühnenleben gut genug, um zu wissen, daß es mir weder an Huldigungen noch an Herrenbekanntschaften fehlte. Kein Weib befindet sich, wenn es sich um die Gelegenheit handelt, Eroberungen zu machen, in günstigerer Position als gerade die Bühnenkünstlerin, die ihre Schönheit, ihr Talent von der Bühne herab vor den Augen Tausender entfaltet, während ein anderes Weib sich meist nur innerhalb eines zuweilen sehr eng begrenzten Familienkreises Geltung verschaffen kann. Außerdem ist eine Bühnenkünstlerin eine öffentliche Persönlichkeit, eine Zelebrität; die Eitelkeit der Männer findet eine Befriedigung darin, mit einer Berühmtheit auf vertrautem Fuße zu stehen, damit vom Glänze ihres Ruhmes wenigstens ein Reflex auf sie selbst zurückfalle. Kein Wunder daher, wenn jede bekannte Künstlerin sich von Männern mit altadeligen Wappen und Matadoren der Börse bis zu dem jüngsten Lyriker herab, der ihr schüchtern die Erstlinge seiner Muse zu Füßen legt, von Anbetern aller Stände, aller Klassen umringt sieht, die alle nach einem Blick, einer Gunstbezeigung dürsten. Aber wo sollte ich unter all diesen Männern denjenigen finden, dessen ich bedurfte, der bereit war, meine Wünsche zu erfüllen, ohne sich eine Herrschaft über mich anzumaßen, vielmehr insoweit mein Sklave blieb, daß ich jeden Augenblick meine Beziehungen zu ihm lösen konnte, ohne seinerseits eine Indiskretion fürchten zu müssen? Zu einer solchen Entdeckung konnte mich nur der Zufall führen, und der Zufall war mir vorerst ungünstig gesonnen. Auf Grund meines Debüts war ich am Kärntnertor-Theater auf ein Jahr engagiert. Mein Kontrakt ging zu Ende, und als ich ihn erneuern sollte, erhielt ich gleichzeitig von Pest und Frankfurt Angebote. Ich liebe, als geborene Österreicherin, Wien, die schöne, glänzende Kaiserstadt; und würde es wahrscheinlich vorgezogen haben, daselbst, wenn auch mit geringer Gage, zu verbleiben, wenn ich nicht um diese Zeit einen Brief meines Vaters erhalten hätte, der mich von einem bedeutenden Vermögensverlust unterrichtete, den er erlitten hatte. Ich war es meinem Vater schuldig, für die Opfer, die er meiner Ausbildung gebracht hatte, durch die Tat zu danken. Dieser Umstand ließ mich die Offerte aus Frankfurt, als die pekuniär vorteilhafteste, annehmen. Damit sagte ich Wien auf Jahre hinaus Lebewohl.

8. Brief

Wenn Sie, teurer Freund, darüber staunen sollten, daß meine Briefe, die Sie fortan lesen werden, von jenen, die ich bis jetzt geschrieben habe, im Stil, in ihrer Philosophie und in den Ansichten wie auch in der Mannigfaltigkeit des Stoffes verschieden sind, so glauben Sie bitte nicht, daß ich, vielleicht müde des Schreibens, jemanden zu meinem Vertrauten gemacht und ihm erlaubt habe, meine Memoiren fortzusetzen. Es gibt niemanden, dem ich mich ebenso rückhaltlos anvertrauen dürfte wie Ihnen. Man muß einen Menschen genau kennen, um ihm alles, was man denkt, was man gedacht und gefühlt hat, mitteilen zu dürfen; bis jetzt habe ich noch keinen solchen gefunden. Am allerwenigsten unter denen, denen ich mich körperlich hingegeben habe. Verschiedenheit und Wechsel der Darstellungen rühren lediglich daher, daß ich die Aufzeichnung der Erlebnisse meiner Anschauungsweise angepaßt habe, weil ich mich intensiver in die Lagen hineinversetze, in denen ich mich jeweils befand. So ist es gewiß kein Fehler, wenn ich dem auch meine Schreibarbeit anpasse.

In meinem letzten Brief erwähnte ich, daß ich ein Engagement in Frankfurt angenommen hatte, das mir unter den beiden Angeboten, die mir gemacht wurden, als das vorteilhaftere erschien. Zum Glück ließ ich mich nur auf zwei Jahre binden, denn ich halte diese Zeit in meinem Leben für verloren, und zwar in jeder Beziehung.

Obgleich zu der Zeit, als ich nach Frankfurt kam, von jener Wagner-Manie, die jetzt in Deutschland grassiert, noch keine Rede sein konnte, denn damals war Richard Wagner in der Musikwelt eine unbekannte Größe, hatten wir dennoch im Repertoire der unschmackhaften Sachen genug. Der Kampf zwischen der italienischen und deutschen Musik hatte bereits begonnen, und letztere erhielt in Frankfurt langsam das Übergewicht. Die italienische Musik hat mich stets mehr angesprochen als jede andere, weil ich sie den Empfindungen unseres Geistes und der Seele mehr angepaßt, die Gefühle unseres Herzens deutlicher ausdrückend und leidenschaftlicher, schmelzender, süßer fand, als unsere gelehrte, deutsche Musik. Den leichten Kadenzen der französischen Musik, die mir meist vorkam, als müßte man dabei eine Quadrille tanzen, konnte ich gleichfalls nur wenig Geschmack abgewinnen. Die italienischen Opernkomponisten bieten auch den Sängern mehr Gelegenheit, sich auszuzeichnen, denn sie schreiben für uns, während die Deutschen jedes Gewicht auf Instrumentalmusik legen; wir müssen uns dabei nur dem Orchester zum Opfer bringen und uns abplagen. Doch abgesehen von den Nachteilen, die ich als Sängerin erfahren mußte, war Frankfurt für mich der widerwärtigste Ort, den ich nur finden konnte. Eine Stadt, in der Geldaristokraten den Ton angeben, in der man von der Kunst wenig versteht, wo die Leute Logen nehmen, um damit zu paradieren, wo jeder dritte Satz ein »wie heißt« ist, wo die Menschen nach dem Gewicht ihres Geldes eingeschätzt werden. – Wie soll da die Kunst blühen? Selbst die glühendste Leidenschaft erkaltet hier, der Liebesgenuß ist hier nichts als natürliches Bedürfnis – eine »Kühlung für die Hitze der Leber«, wie Shakespeare sagt.

Es mangelte mir nicht an Courmachern, namentlich aus der Nation, deren Vorfahren das Rote Meer passiert hatten. Sie nahten mir mit Achtung, während ich nach Genuß lechzte. Es gab in der großen Schar von Anbetern keinen einzigen, den ich für würdig hielt, ihm meine Liebe zu schenken und den Schatz, den ich beständig bei mir trug, preiszugeben. Unter meinen Kollegen gab es zwar ein paar hübsche und galante Männer, doch habe ich es mir zum Gesetz gemacht, jedem anderen eher den Vorzug zu geben, als einem Mitschauspieler, Sänger oder Musiker. Diese Leute sind allzu indiskret, man riskiert seinen Ruf, mithin auch seine Stellung, und ich habe stets großes Gewicht darauf gelegt, den Nimbus der Tugendhaftigkeit zu wahren. Hätte ich wenigstens ein Mädchen oder eine Frau gefunden, der ich mich geistig und körperlich mitteilen durfte, wie damals Marguerite, ich würde keine Mühe gescheut haben, sie in die Mysterien des Eros einzuweihen. Diese Personen waren aber teils unnahbar, spröde Geschöpfe oder zu wenig hübsch, und einige hatten eine so ausgedehnte Praxis, daß sie ganz verbuhlt aussahen und mir Ekel einflößten, so daß ich auf mich selbst beschränkt blieb. Wie, wenn ich die zwei Jahre meines Hierseins dazu benutzte, mich für einen reichhaltigen Genuß für die Zukunft zu stärken, dachte ich. Wäre ich imstande gewesen, dies auszuführen? Würde die Wollust der späteren Jahre ein Ersatz für meine Kasteiung sein? Ich wollte es versuchen. Man sagt, der menschliche Wille sei das Stärkste, was es gibt.

Und deshalb unterwarf ich mich dieser Selbstprüfung. In den ersten vierzehn Tagen kostete es mich eine – ich möchte sagen – übermenschliche Selbstbeherrschung. Später wurde es mir leichter, und wenn mich wollüstige Träume oder die Hitze meines Blutes in wachem Zustand zu stacheln begannen, sprang ich schnell aus dem Bett und nahm ein Sitzbad in eiskaltem Wasser, so daß meine Zähne aneinanderschlugen; oder ich nahm ein Zeitungsblatt zur Hand und las einige Artikel über Politik. Nichts kühlt so sehr ab wie politische Lektüre, gegen die eine Dusche noch etwas Aufregendes ist. Im zweiten Monat meiner mir selbst auferlegten Kasteiung waren die Anfechtungen weniger häufig, und wenn sie mich auch manchmal überraschten, so waren sie doch nicht hartnäckig und anhaltend. Ich glaube, ich hätte dem Liebesgenuß ganz entsagen können, wenn es durchaus hätte sein müssen. Man kann enthaltsam sein, um dann eine desto größere Wollust zu fühlen, weil die Enthaltsamkeit ein Mittel zur Steigerung des Genusses wird. Wer würde, wenn er zu einem köstlichen Diner geladen ist, wohl auf den Gedanken kommen, vordem sich den Magen zu überladen? Würde, wenn er auf einen Ball gehen will, sich durch Spaziergänge oder eine andere körperliche Anstrengung übermüden? Ebenso ist es mit den Genüssen der Liebe. Dennoch weiß ich nicht, ob ich es zwei Jahre lang hätte aushaken können; nur dem Zufall danke ich es, daß ich diese schwere Probezeit durchzuhalten imstande war.

Eine meiner Kolleginnen, Madame Denis A., eine geborene Französin, doch der deutschen Sprache vollkommen mächtig, war unter den übrigen Sängerinnen die einzige, mit der ich rückhaltlos über alles sprechen durfte, ohne eine Indiskretion ihrerseits zu riskieren oder von ihrer Prüderie zurückgestoßen zu werden. Sie hatte schon alles durchgemacht, kannte Eros bis zur höchsten Potenz und war bereits in jenes Stadium getreten, in dem Blasiertheit den geschlechtlichen Freuden gegenüber die Oberhand gewinnt. Sie war noch nicht so alt und auch nicht so häßlich, daß sich nicht Männer gefunden hätten, ihr einen Liebesdienst zu erweisen. Sie kokettierte zuweilen mit diesem oder jenem, jedoch nur, um sie zu plündern, wie es die Marmordamen in Paris zu tun pflegen. Es gab unter denen, deren bizarrer Geschmack sie zu Denise hinzog, einige, die meine Vermittlung bei ihr erflehten, und ich war gutherzig genug, das Plädoyer für sie auf mich zu nehmen. Dies führte zu Erörterungen und Erklärungen. »In mir ist jede Lust nach Genuß gestorben. Nicht zufolge einer früheren Übersättigung, sondern aus Ekel und Abscheu«, sagte sie. »Wenn man hört oder liest, wie weit der Genuß führen kann, dann vergeht einem jede Lust. Man kommt aus frischem in laues, dann in abbrühendes Wasser, danach in Pfützen, zuletzt in stinkende Kloaken, mit ekelhaftem Gewürm gefüllt. Sie würden dies erfahren, wenn Sie sich auf diese Bahn wagten. Ich war verheiratet. Mein Mann war der größte Wüstling, den es nur geben konnte; seine Ausschweifungen haben ihn frühzeitig getötet. Es war eine gräßliche Krankheit, an der er gestorben ist, was sage ich, eine Krankheit? Es waren mehrere Übel, die ihn bei lebendigem Leibe zersetzten; er starb an Rückenmarkschwindsucht, war syphilitisch, sein ganzer Leib glich einer riesigen Krätze, und er verlor auch sein Augenlicht. Und dies alles, ehe er sein dreiunddreißigstes Lebensjahr erreicht hatte. Ich betete ihn an und war verzweifelt über seinen Verlust. All diese Krankheiten rafften ihn hinweg. Meine Freundin und ich mußten ihn zuletzt wie einen Säugling füttern. Wissen Sie, wem er dieses schreckliche Ende zu verdanken hatte? Einem verruchten Menschen, der sich sein Freund nannte und der ihm das infamste Buch, das jemals geschrieben wurde, zu lesen gab: Marquis de Sades »Justine und Juliette« oder die »Gefahren der Tugend und die Wonnen des Lasters«. Der Verfasser, heißt es, soll infolge seiner Ausschweifungen wahnsinnig geworden und im Irrenhaus gestorben sein. Monsieur Duvalin, der Freund meines Mannes, derselbe, der ihm jenes fluchwürdige Buch zum Lesen gegeben hatte, behauptete zwar, de Sade sei nicht wahnsinnig geworden, sondern, um noch mehr genießen zu können, unter die Jesuiten in ein Kloster in der Nähe von Paris, in Noisy le See, gegangen. Als ich Duvalin mit Vorwürfen überhäufte, ihn den Mörder meines Gatten nannte, zuckte er die Achseln und sagte, es sei nicht seine Absicht gewesen, meinen Mann zugrunde zu richten, sondern ihn von seinem Hang zu Ausschweifungen zu heilen; daß sein

Mittel fehlgeschlagen sei, dafür könne er nicht. »Was wollen Sie, Madame«, schloß er, »auch ich wurde vom Teufel des Fleisches geplagt, aber mich hat das Lesen dieses Buches, das Ihren Gatten nur noch tiefer hineinriß, von allen unnatürlichen Gelüsten geheilt. Ich sage nicht, daß ich ein Asket geworden bin, doch gehöre ich nicht zu den wahnsinnigen Menschen, die aus den geschlechtlichen Genüssen eine Kloake machen. Mich hat der Ekel ernüchtert, ihn hat er angezogen. Wer kann dafür!«

In meiner Verzweiflung über den Tod meines Mannes wollte ich mich umbringen, und zwar auf raffinierteste Weise. Ich war eine Phantastin. Mein Mann hatte während unseres ehelichen Beisammenseins jede Gattung tierischer Genüsse, die man mit einer einzelnen Frau durchmachen kann, erschöpft. Als ich das Buch des Marquis de Sade, das mit über hundert Kupferstichen illustriert ist, zum erstenmal in meine Hände nahm, erkannte ich, daß er vieles davon mit mir praktiziert hatte. Ich wurde in meinen Gedanken zu einer Bacchantin und wollte all dies ebenfalls versuchen, wollte mich Exzessen hingeben, die in dem Buche enthalten waren, um mich ebenso durch Ausschweifung zu töten, wie es mein Mann getan hatte. Die Hindufrauen bestiegen nach dem Tod ihres Gatten den Scheiterhaufen, um sich lebendig zu verbrennen. Ich wollte mich durch Wollust töten.

Meine Liebe zu meinem Mann war unbegrenzt, und die Todesart, die ich mir wählte, sollte die seinige sein – eine viel qualvollere als Selbstverbrennung. Ich wollte die tierische Wollust in der Theorie studieren, um sie dann in der Praxis auszuüben. Mein Mann hatte mir einige Bücher ähnlichen Inhalts, namentlich die »Memoiren der Engländerin Fanny Hill«, die »Petites Frédaines«, die »Geschichte Dom Bougres«, das »Cabinet d'amour de Venus«, »Les Bijous indiscrets«, die »Pucelle« von Voltaire, »Soeur Paloma la Cougnotte« von dem Abt Pineraide, die »Abenteuer einer Cauchoise« teils vorgelesen, teils zum Lesen gegeben.

Er wollte sich und mich dadurch zum Genuß stimmen. Er verfehlte seinen Zweck nicht und fand mich zu allen Cochonnerien, die wir miteinander begingen, geneigt. Nur das Buch de Sades hielt er zurück, weil er es zu gefährlich für mich hielt. Ich fand es erst nach seinem Tod, sorgfältig versteckt in einem Schrank, der einen doppelten Boden hatte. Ich begann das Buch zu lesen. Meine Ungeduld trieb mich, die Bedeutung der Illustrationen kennenzulernen, und ich schlug es zuerst dort auf, wo sich die scheußlichsten Szenen befanden. So die Folterungen der Frauen, das Abenteuer auf dem Ätna, die Geißelungen, die Orgien, die Knabenschändungen, die Szenen in Rom, den Auftritt, wo der Marquis de Sade im Pantherfell zwischen drei nackten Weibern und zwei Kindern erscheint, von denen er bereits eines zu Tode gebissen hat, und auch die Beschreibung der Orgie mit den beiden geköpften Weibern, die Bestialitäten und so weiter. Jetzt erst begann ich, Duvalin zu begreifen. Dieses Buch hat zweierlei Wirkungen, je nach dem Naturell des Lesers oder der Leserin, je nach deren Empfänglichkeit und Auffassungsgabe. So wie Duvalin, fühlte auch ich einen solchen Ekel vor diesen Abscheulichkeiten, die zu lesen mich viel Überwindung kostete, daß ich, ehe ich auch nur etwas davon, was in diesem Buche stand, in der Praxis ausüben konnte, schon abgestumpft war. Der Stachel war durch den Überreiz in mir abgebrochen, und niemals fand ich zurück. Von allen wollüstigen Trieben, die im menschlichen Körper stecken, war ich radikal geheilt. Ich begann zu begreifen, wie es männlichen Kastraten zumute sein muß.«

Denise sprach noch viel über dieses Thema, und ich verstellte mich vor ihr so gut, daß sie mich in der Praxis für sehr unerfahren hielt. Sie mochte wohl ahnen, daß ich den eigenhändigen Genuß, jenen mittels des Godémiches und selbst den mit Personen meines eigenen Geschlechts kannte, doch nicht den gefährlichsten in seinen Folgen, jenen mit Männern. Das Verstellen ist, glaube ich, uns Frauen ebenso angeboren, wie den Männern das Prahlen. Sie fragte mich, ob ich noch keines jener Bücher gelesen hätte, die sie erwähnt habe. Auf meine verneinende Antwort schlug sie mir vor, ich sollte es gleich mit »Justine und Juliette« versuchen. Einige Ärzte behaupten, der Kampfer besitze die Eigenschaft, das geschlechtliche Bedürfnis bei Frauen zu töten. Ich weiß nicht, ob dies wahr ist, doch daß das Buch de Sades bei mir auf mehrere Monate jeden Gedanken, jede Sehnsucht zu geschlechtlichen Ausschweifungen erstickte, ist gewiß. Welch eine Phantasie! Ist es möglich, daß solche Dinge geschehen können? Die Männer darin sind Tiger und Hyänen, die Weiber Boas und Alligatoren. Das wenigste darin sind natürliche und geschlechtliche Genüsse, sondern Weiber mit Weibern, Männer mit Knaben und Tieren. Es ist grauenhaft! Ich dachte darüber nach, ob der Mensch sich wirklich mit der Begattung so sättigen könne, daß er anstatt weißer Leiber geschundene, verbrannte, zerfleischte Körper zu sehen wünscht. Ich erschrak über den Mann, der dies geschrieben hatte. Ob er wohl alles mitgemacht hatte, oder ob ihn seine ausschweifende Phantasie verführte, solche Dinge zu Papier zu bringen? An einer Stelle erzählt er, daß dies unter den damaligen Kavalieren gang und gäbe gewesen sei, und daß im Hirschpark ähnliche Szenen stattgefunden hätten.

Er spricht von einer unmenschlichen Wollust, sich daran zu weiden, Menschen sterben zu sehen. Die berüchtigte Marquise de Brinvilliers entkleidete einige ihrer Opfer nackt und verging angesichts der Todeszuckungen in den Gesichtern und Körpern der Unglücklichen.

Während der ganzen Zeit, da ich dieses Buch las, was mehrere Monate währte, dachte ich kein einziges Mal daran, das zu tun, was ich allein oder mit Marguerite und Rudolfine getan hatte. Zehn Bände, jeden zu mehr als dreihundert Seiten, durchzulesen, dazu braucht man Zeit, und zwar um so mehr, als ich nicht ausschließlich dieser Lektüre nachhängen konnte. Ich mußte neue Partien einstudieren, die Theaterdirektion schonte mich nicht; alle Tage gab es entweder Theaterproben oder Vorstellungen. Überdies empfing ich viele Besuche, teils von meinen Kollegen und Kolleginnen, teils von Freunden, erhielt Einladungen zu Soireen, Bällen, Landpartien und so weiter. Außerdem war ich damals in der französischen Sprache nicht so sicher, um alles genau zu verstehen, was de Sade schrieb. Manche Stellen erriet ich nur, da es viele Wörter gab, die man in keinem Wörterbuch findet.

Im zweiten Jahr meines Theater-Engagements in Frankfurt erhielt ich wiederholt Zuschriften aus verschiedenen Städten Deutschlands, Österreichs und Ungarns. Mir fiel die Wahl schwer, bis Herr N., zu jener Zeit Theaterintendant der ungarischen Oper, persönlich nach Frankfurt kam und mir die bisher schriftlich gemachten Anträge mündlich wiederholte.

Zwei Herren begleiteten ihn. Der eine ein ungarischer Kavalier, Baron Felix von O., selbst Musikerdilettant, ein liebenswerter Mensch, sehr schön und nebenbei auch sehr reich. Er machte mir bei seinem letzten Besuch schon den Hof und gleichzeitig Anträge, die mir ein viel reicheres Einkommen in Aussicht stellten, als jenes, welches ich von der Theaterintendanz erhalten sollte. Mir widerstrebte aber der Gedanke, meine Gunstbezeigungen für schnöden Mammon zu verkaufen – ich würde mich dadurch in meinen eigenen Augen herabgesetzt haben und wies daher alle seine Anträge ab.

Der andere Herr, der den Intendanten begleitete, war sein Neffe. Ein Jüngling von kaum mehr als neunzehn Jahren und ein so schöner Knabe, wie mir bis dahin noch keiner vorgekommen war. Dabei war er schüchtern und verschämt wie eine ländliche Unschuld. Er wagte es kaum, seine Augen zu mir aufzuschlagen, und wenn ich ihn anredete, wurde er feuerrot. Eines solchen Jünglings Erstlinge in der Liebe zu erhalten, war wohl einer Mühe wert. Wenn es jemals einen jungen Mann gab, der weder in der Theorie noch in der Praxis die süßen Geheimnisse Cytheras kannte, so war es der junge Arpad von H., Sohn einer Schwester des ungarischen Theaterintendanten.

Die Herren hielten sich nur zwei Tage in Frankfurt auf, da sie nach London und Paris reisten, um hier einige Partituren von Opern zu erwerben, die dort am meisten gespielt wurden. Herr von N. drängte mich zur Entscheidung, der Baron von O. verband seine Bitten mit jenen des Theaterintendanten, und selbst in den Augen Arpads las ich den Wunsch, ich möge doch nachgeben. Dieser Blick entschied, und ich gab meine Zustimmung. Der Intendant zog sofort einen geschriebenen Kontrakt in zwei Exemplaren aus seiner Brusttasche, las mir das Ganze vor, und ich unterzeichnete.

In diesem Vertrag stand, daß ich mein Engagement unmittelbar, nachdem mein Kontrakt mit der Frankfurter Theaterdirektion abgelaufen wäre und ich noch sechs Gastspielverpflichtungen in Wien nachgekommen sei, antreten sollte. Dies war in der sogenannten »toten Saison«.

Im Juni verließ ich Frankfurt. Ehe ich dorthin gekommen war, hatte ich mich noch in Wien bei der Angerer photographieren lassen. Ich ähnelte dem Porträt durchaus nicht mehr. Meine

Gesichtszüge waren ausgebildeter, nicht eine Spur mehr von dem Backfischausdruck, wie ich ihn noch besaß, als ich nach Frankfurt kam, war an mir zu erkennen. Man hielt mich damals überhaupt nicht für so alt wie ich war, und mehrere Ärzte und auch andere männliche Bekannte meinten, ich sei für mein Alter körperlich zu wenig entfaltet. Ich erinnere mich noch meiner Mutter, wie sie ausgesehen hatte, als ich sie an Papas Geburtstag im Bett liegen sah. Welch ein Unterschied zwischen ihr und mir, selbst als ich schon in Wien war! Meine Schenkel waren nicht so stark und fleischig wie ihre Arme – bei ihr konnte man nirgends die Anwesenheit eines Knochens auch nur ahnen, während bei mir die Schultern, die Schlüsselbeine, die Rippen und die Hüften deutlich und scharf hervortraten. Während der letzten zwei Jahre aber, seitdem ich das Leben einer Vestalin lebte, hatte ich sehr zugenommen, es war beinahe auffallend. Meine Schenkel und die beiden Hemisphären, auf die wir Frauen so viel halten, daß wir stets nur darauf bedacht sind, die Welt zu täuschen, indem wir zu unseren Kleidern einen Zusatz geben, waren bereits so rund, so fest und doch so elastisch, daß ich nicht müde wurde, mich in einem Doppelspiegel zu betrachten. Nur zu gern hätte ich ein so elastisches Rückgrat gehabt wie gewisse Akrobaten, die man Kautschukmänner nennt, um mich wie eine Schlange zusammenzuringeln und diese schönen Kugeln zu küssen!

Die Beschreibung der Geißelung in de Sades Buch brachte mich zuweilen auf den Gedanken, zu versuchen, welche Wollust darin liegen könnte, wenn man sich mit Ruten den Hintern schlägt. Ich hatte einmal eine dünne Rute aus Weidenzweigen gebunden, entkleidete mich und stand vor dem Spiegel, um es zu versuchen. Doch schon der erste Streich verursachte mir einen so schneidenden Schmerz, daß ich es aufgab. Ich kannte damals diese Art Wollust nicht, wußte nicht, daß man mit schwachen Hieben beginnen muß, wie die Badewärterinnen in den Dampfbädern, um erst im Moment des höchsten Genusses alle Kraft anzuwenden.

Auch wenn ich, was jede Woche einmal, im Sommer sogar drei-bis viermal geschah, ein Bad nahm, war ich noch den Versuchungen des Fleisches ausgesetzt. Sie werden es vielleicht nicht glauben: dennoch aber war es so, daß es die mir von Denise empfohlene Lektüre war, die mich abkühlte.

Als ich nach Wien kam, waren meine Bekannten erstaunt über die Veränderung meines Äußeren. Ich hatte mit meiner Mutter ein Stelldichein verabredet, und sie war Zeugin der Triumphe, die ich hier auf der Bühne feierte. Gleich bei unserem ersten Zusammentreffen, als sie mich in ihre Arme schloß, war ihr erster Ausruf: »Ach, mein süßes Kind, wie schön Du geworden bist, wie frisch und gesund Du ausschaust!«

Einmal traf ich mit Rudolfine bei Dommayer in Hietzing zusammen. Sie fixierte mich ein paar Sekunden, ehe sie auf mich zukam und sagte, sie habe mich nicht erkannt. Auch sie hatte sich verändert, doch nicht zu ihrem Vorteil; sie war gezwungen, die natürlichen Rosen ihrer Wangen durch Schminke zu ersetzen. Es gelang ihr aber nicht, die bläulichen Ringe, die ihre Augen einfaßten, zu vertilgen – sie waren zu auffallend.

»Solltest Du, seit Du Wien verlassen hast, den Genüssen der Liebe entsagt haben?« fragte sie mich. »Das wäre unmöglich! Wer einmal diese Ambrosia genossen hat, der kann sie niemals wieder entbehren. Es gibt aber Menschen von unverwüstlicher Gesundheit, die der Liebesgenuß kräftigt, anstatt sie zu schwächen – und Du gehörst wahrscheinlich zu diesen.«

Ich versicherte ihr vergebens, daß ich während der zwei Jahre meiner Abwesenheit von Wien, ein keusches Leben geführt und mich dabei um so wohler gefühlt hätte.

Sie wollte mir nicht glauben und sagte, dies sei absurd.

»Wen hätte ich in Frankfurt finden können?« antwortete ich, »die Geldprotzen? Ach, das sind wahre Gegengifte gegen die Liebe; sie verstehen von Galanterie nichts. Und mich einem Mann hinzugeben, der nicht auch ein wenig mein Herz fühlt, das halte ich für meines Geschlechtes unwürdig. Ich kenne nichts Abscheulicheres, als eine Messaline, die nur tierische Wollust sucht.«

Rudolfine errötete unter der Schminke, sie mochte sich getroffen fühlen; wenn, so geschah es meinerseits nicht absichtlich.

Wir unterhielten uns nicht lange miteinander. Ich erblickte zwei Kavaliere, die uns lorgnettierten; der eine grüßte meine ehemalige Freundin, worauf ich mich rasch einer anderen Dame zuwandte, die die Allee heraufkam.

Während meines vierzehntägigen Aufenthaltes in Wien erfuhr ich, daß Rudolfine bereits den Ruf besaß, eine der ausschweifendsten Frauen zu sein. Sie zählte ihre Geliebten zu Dutzenden. Auch die beiden Herren, die ich in Hietzing gesehen hatte, gehörten zu ihren Geliebten; es waren zwei Kavaliere, der brasilianischen Gesandtschaft attachiert und die größten Roués von Wien. Einen stellte mir Rudolfine sogar vor, den Grafen von A. Sie war jetzt nicht mehr eifersüchtig, im Gegenteil, sie trat ihre Geliebten an jede ihrer Bekannten ab. Wie sie mir selbst erzählte, bereitete es ihr beinahe ebenso großes Vergnügen, den Sinnengenuß anderer zu sehen, wie selber zu genießen. Sie erinnerte mich an die in de Sades »Justine« beschriebenen Szenen, in denen ähnliches geschah.

Höflichkeitshalber mußte ich Rudolfine eine Gegenvisite machen. Sie war allein, als ich gegen halb vier Uhr zu ihr kam. Sie zeigte mir eine Menge Photographien, die sie erst kürzlich aus Paris erhalten hatte. Es waren nur erotische Szenen, nackte Weiber und Männer. Die interessantesten darunter waren diejenigen, die Alfred de Musset über Madame Dudevant unter seinen Freunden zirkulieren ließ. Die Aufnahmen zeigten, wie die berühmte Schriftstellerin Frauen und Mädchen in die Geheimnisse des priapischen Dienstes einweiht. Auf einem dieser Bilder begeht sie Unzucht mit einem riesigen Gorilla, auf einem anderen mit einem Neufundländer, auf einem dritten mit einem Hengst, den zwei nackte Mädchen an der Leine halten, sie selbst war dabei kniend abgebildet.

Rudolfine hatte mir die Veranlassung und Geschichte dieser Bilder erzählt. Sie werden sie vielleicht nicht kennen, aber ich halte sie für interessant genug, um sie Ihnen mitzuteilen. Madame Dudevant lebte viele Jahre hindurch in einem intimen Verhältnis mit Alfred de Musset; sie bereisten miteinander Italien und erreichten Rom. Hier kam es zwischen ihnen zu einem Streit, dem ein totaler Bruch folgte. Musset war anfangs sehr diskret und schonte seine Geliebte. Nicht so die Dame. Als man sie nach der Ursache des Bruchs fragte, plauderte sie aus, daß sie den Dichter wegen seiner Schwäche in den Liebesturnieren verabschiedet habe. Das Gerücht kam Musset zu Ohren. Er fühlte sich in seiner Eitelkeit gekränkt, da er dadurch bei allen Frauen, denen er den Hof machte, in einen schlimmen Ruf kam, und er nahm sich vor, an Madame Dudevant Rache zu nehmen. Mit diesen Photographien, zu denen er einen passenden, skandalösen Text in Versen schrieb, revanchierte er sich.

Es freute mich, daß zwischen mir und Rudolfine eine Aussöhnung stattfand, andererseits aber genierten mich ihre Besuche, da sie wirklich verrufen war.

Ich konnte es kaum erwarten, daß meine Gastspiele zu Ende gingen. Keinen Tag länger als nötig blieb ich in Wien, sondern reiste sofort nach Pest. Hier kam ich eben zum großen Jahrmarkt zurecht – der einzigen Zeit während der toten Saison, in der es in Pest etwas lebhafter zugeht. Der Jahrmarkt währt etwas über vierzehn Tage; man nennt ihn den Johannes-Enthauptungs- oder Melonenmarkt, weil zu dieser Zeit von diesem schmackhaften, erfrischenden Obst viel hierher gebracht wird.

Ich hatte mir schon in Frankfurt ein deutsch-ungarisches Wörterbuch und eine magyarische Sprachlehre gekauft.

Als ich in Pest ankam, sandte ich Herrn von N. sogleich meine Karte. Dieser war höflich genug, mich sofort zu besuchen und brachte auch seinen Neffen Arpad mit. Des Jünglings Augen strahlten, als er mich wieder erblickte. Ich staunte nicht wenig, als ich beide Herren in ungarischer Galauniform bei mir eintreten sah; später erfuhr ich, es sei in Ungarn Mode geworden, Nationaltracht anzulegen. Herr von N. sagte, daß ich mir ebenfalls Trachtenkleider anfertigen lassen müsse, weil der Fanatismus hier so weit ginge, daß mehrere Personen, die sich dieser Bewegung widersetzt hätten, von der mutwilligen Pester Jugend insultiert worden seien. Von mir, als einem Mitglied des Nationaltheaters, forderte man dies noch mehr, als von irgendeiner anderen Dame. Ich fand dies zwar tyrannisch. Auch in meinem Kontrakt mit der Theaterintendanz stand hiervon kein Wort. Da dieses Kostüm jedoch hübsch war, bequemte ich mich dazu, es zu tragen. Ich fand auch, daß es mich gut kleidete, und daß ich darin besser aussah, als in den Roben, die ich bisher getragen hatte. Ich ließ mehrere Variationen anfertigen und zog sie mit Vorliebe an.

Nachdem ich mich in Pest ein wenig eingelebt hatte, fragte mich Herr von N., ob ich meine Partien mit italienischem oder deutschem Text singen würde. Ich sah es ihm an, daß er gern noch eine Frage gestellt hätte, und wußte auch, welche es sein könnte. Daher antwortete ich, daß ich bemüht sei, wenigstens soviel Ungarisch zu lernen, daß ich meine Partien in dieser Sprache singen könnte. Da es nur wenige Opern gibt, in denen auch gesprochen wird, die wenigsten Zuhörer zudem kaum ein Wort vom Text verstehen, glaubte ich, daß dies nicht gar so schwer sein würde. Übrigens, fügte ich hinzu, würde ich mir einen Sprachlehrer halten. Herr von N. empfahl mir zu diesem Zweck eine Dame vom Theater, die auch gut deutsch spreche. Ich wollte es mir überlegen.

In Ungarn ist es Sitte, die Besuchenden zu jeder Stunde des Tages zu bewirten, wie überhaupt das Essen im Leben der Ungarn eine Hauptrolle spielt. Sie sind große Sybariten.

So lud auch ich beide Herren zu einer Nachmittagsgesellschaft ein. Herr von N. entschuldigte sich mit Überhäufung von Geschäften und stand auf. »Wenn Du Lust hast zu bleiben«, sagte er zu seinem Neffen, »so gestatte ich Dir, von der gütigen Einladung des Fräuleins Gebrauch zu machen. Du kannst sie dann in der Stadt herumführen und ihr als Cicerone dienen.«

»Sie besuchen doch auch unser Theater, mein Fräulein?« fuhr er zu mir gewandt fort. »Die gegenwärtige Aufführung wird Sie zwar nicht sehr unterhalten, da es sich um ein Trauerspiel handelt und Sie davon nichts verstehen werden. Nutzen Sie Ihre Zeit ruhig Ihrer Neigung entsprechend. Morgen wollen wir dann das weitere besprechen.«

Ich war froh, mit Arpad, dem hübschen, jungen Mann, allein sein zu können.

Ich hatte mir vorgenommen, ihm eine gute und tüchtige Lehrmeisterin der Liebe zu sein, und ihn gleich von vornherein daran zu gewöhnen, daß er sich allen meinen Launen und Wünschen füge. Meine Absicht war, Arpad zu erobern, ohne daran zu denken, wie dieses anzustellen sei. Wenn es um nichts anderes gegangen wäre, als ihn zu verführen, so lag darin keine Schwierigkeit; doch gab es hierbei einiges zu berücksichtigen. Ich sah die Schwierigkeit erst, als Herr von N. uns allein ließ. Bei Arpad war es gewiß noch schwieriger, als bei jedem anderen, weil es unmöglich sein würde, seine Leidenschaft zu zügeln, ja selbst Herrin meiner selbst zu bleiben. Dieser junge Mann, das sah ich, war nicht wie Franzl, der Korrepetitor, dem ich stets Einhalt gebieten konnte: bis dahin und nicht weiter! Er war kein zur Untertänigkeit und zum Gehorsam geborener Mensch. Wie leicht konnte da ein Unglück geschehen, und wieviel riskierte ich, wenn ich gleich im ersten Jahr meines Engagements einen Schritt tat, der für meine ganze Laufbahn von unabsehbarer Tragweite sein konnte. Außerdem kannte ich Arpad viel zu wenig, um von seiner Diskretion überzeugt zu sein. Solch junge Menschen prahlen gern mit ihren Eroberungen. Wenn nicht – wäre es zu verhindern, daß einer von uns sich durch Blicke oder ein voreiliges Wort verriete, wenn wir uns unbeobachtet glaubten? Hätte ich die Ungarn gekannt, wären meine Bedenken vielleicht nicht so groß gewesen. Ich kam aber aus Frankfurt, wo man viel strenger in der Beurteilung des Benehmens einer Frau ist, als hier, und wo es, zumal unter Schauspielerinnen, zum »bon ton« gehört, leichtfertig zu sein.

Mein Herz pochte, als mich Herr von N. mit seinem Neffen allein ließ, so gewaltig, daß ich kaum sprechen konnte – so schnürten die Empfindungen, die mein Inneres aufwühlten, meine Kehle ein. Ich war, das fühlte ich, in Arpad verliebt. Hätte ich ihm doch die Gefühle einflößen können, die ich für ihn empfand – nicht nur Begierden, sondern reine »ätherische« Liebe. Ich hätte stundenlang an seiner Seite sitzen, ihn betrachten und seiner Stimme lauschen können – schon das würde mich glücklich gemacht haben.

Ich will aber nicht bei der Beschreibung meiner Empfindungen verweilen; dazu gehört eine geübtere Feder. Niemals war ich so anmaßend, mich für eine Schriftstellerin zu halten. Denn ich habe es nicht weiter gebracht, als zu einer orthographisch und grammatisch richtigen Schreibweise. Stil und Regeln der Rhetorik blieben für mich immer etwas Unerreichbares.

Nachdem sich Arpads Oheim entfernt hatte, brachte mir der Aufwärter im Hotel zur »Königin von England«, wo ich vorerst abgestiegen war, die Nachmittagserfrischung: Kaffee mit Schlagsahne, in Eis gekühlt, Haselnußtorte, Wasser-und Zuckermelonen und Eispunsch.

Ich hieß Arpad, sich an meine Seite zu setzen. Da es trotz geschlossener Jalousien heiß war, hatte ich das leichte Seidenhalstuch, das meinen Nacken und meine Brust bedeckte, hinabgleiten lassen. Arpad gewann dadurch Einsicht in die Rundungen meiner beiden Hügel, die er anfangs nur verstohlen aus den Winkeln seiner Augen betrachtete. Als er aber wahrnahm, daß ich ihm dieses Schauen nicht verwehrte, neigte er sich zuweilen auch näher zu mir, und seine Blicke blieben fest darauf geheftet. Er seufzte, und seine Stimme zitterte. Als ich ihm das Glas mit Eiskaffee reichte, berührten meine Finger die seinigen, und beide hielten wir das Glas einige Sekunden, ohne es abzustellen. Ich begann, die Nähe meiner eigenen Niederlage zu fühlen und sträubte mich nur noch schwach dagegen. Auch meinen Körper durchrieselte ein Frösteln – ich versank in ein träumerisches Hinbrüten, und unsere Unterhaltung geriet ins Stocken. Ich lehnte mich auf dem Diwan zurück, meine Augenlider fielen zu, meine Sinne trübten sich, und ich glaubte, in Ohnmacht fallen zu müssen. Ich muß die Farbe gewechselt haben, denn Arpad fragte mich besorgt, ob ich mich nicht wohl befände. Ich raffte mich wieder auf und dankte ihm mit einem Händedruck, den wir dadurch verlängerten, daß ich ihm meine Rechte überließ. Er faßte sie mit beiden Händen und blickte mich an. Sein Gesicht glühte, und ich glaubte, alle Knöpfe seiner Weste müßten aufspringen, so sehr blähte sich seine Brust.

Sollten diese Präliminarien noch lange währen? Er war viel zu schüchtern, um die Vorteile zu nutzen, die er nicht einmal kannte; ein Roué [Roué ist der Name, den der französische Regent, Philipp von Orleans, den Genossen seiner Ausschweifungen beilegte.] würde sie sofort bemerkt haben. Ob er es aber dahin gebracht hätte, möchte ich bezweifeln, da ich in diesem Fall Herr meiner Gefühle geblieben wäre. Die Situation war recht peinlich, und ich nahm mir vor, mich ihr zu entziehen. Ich erinnerte Arpad daran, was sein Oheim ihm aufgetragen habe, nämlich daß er mir die Stadt zeigen sollte. Ich schellte, und der Hoteldiener trat ins Zimmer. Ich trug ihm auf, eine Mietkutsche zu holen. »Die Equipage des Barons von O. steht unten vor dem Tor«, entgegnete der Diener. »Er hat sie hierhergeschickt, sie steht zu Ihren Diensten!«

Das was galant. Ich hatte den Baron seit meiner Ankunft noch nicht gesehen, hatte auch vergessen, ihm meine Karte zu schicken, und dennoch diese Aufmerksamkeit! Ich fühlte mich beschämt und beschloß, sofort seine Wohnung aufzusuchen, um dort meine Karte abzugeben. Arpad sagte mir, ich würde ihn zu Hause ohnehin nicht antreffen. Wir fuhren hin, dann hinüber nach Ofen und zurück in das Stadtwäldchen, eine Art Park mit einem Teich, auf dem es einige Kähne gab. Ich fragte Arpad, ob es von hier aus sehr weit zum Hotel »Königin von England« sei. Er antwortete: »Etwa eine Stunde.«

»Ich will den Wagen zurückschicken, und wir lustwandeln hier, so lange es uns gefällt. Werden Sie nicht ermüden?« fragte ich Arpad.

»Und wenn es bis morgen früh dauern sollte, ich werde nicht ermüden!«

Ich lächelte und dachte an eine andere Art von Ermüdung.

Die Pester besuchen diesen Platz nur bei Tag. Sobald die Sonne untergeht, strömt alles wieder der Stadt zu, in der ich eine Menge Staub geschluckt hatte. Pest ist die staubigste Stadt, die ich je gesehen habe. Das Land rundum ist Sandwüste; der geringste Wind wirbelt Staubwolken auf und trägt sie in die Stadt, ähnlich wie in der Bucharei oder in Afrika.

Wir gingen auf eine Insel zu, zu der eine schmale, für Fußgänger eingerichtete Brücke führte. Ich hing mich an Arpads Arm, der auf ein Restaurant zusteuerte. Ich fragte, wie lange es geöffnet sei und erhielt zur Antwort, daß man um neun Uhr schließe und um vier Uhr morgens wieder öffne. Arpad riet, den Rückweg anzutreten, da das Stadtwäldchen bei Nacht nicht ganz sicher sei; hier sei erst kürzlich jemand umgebracht worden.

»Sie haben doch keine Furcht, lieber Arpad?« fragte ich ihn. Ich nannte ihn beim Vornamen, wie er mich auch. Diese Vertrautheit hatte sich ergeben, nachdem ich ihm ein Geständnis entlockt hatte: Er schwor – ein wenig pathetisch – bei den Sternen und dem dunkelblauen Himmel, daß er mich bis zu seinem Tode lieben werde; schon in Frankfurt habe er sich in mich verliebt.

Er schwärmte und phantasierte wie ein Jüngling von poetischem Gemüt, drückte und küßte immerzu meine Hände. Und als wir die Insel erreicht hatten, fiel er mir zu Füßen, sagte, er bete den Boden an, den ich betrete, und flehte mich an, ihm zu erlauben, daß er meine Füße küssen dürfe. Ich beugte mich zu ihm herab, küßte seine Locken, seine Stirne und seine Augen. Er faßte mich um den Leib und barg seinen Kopf in meinem Schoß. Obwohl von einer Hülle aus Musselin, Seide und Leinen bedeckt, schien ihn diese körperliche Nähe zu berauschen; er ergriff meine Rechte und führte sie unter seine Weste in die Gegend seines Herzens. Es pochte und hämmerte ebenso wild wie das meinige! Mein Blut rauschte! Um elf Uhr waren wir noch immer auf der Insel. Wir hielten uns umarmt, und ich legte meinen rechten Schenkel über seine Knie. Er wagte endlich, seine Rechte bis an den Saum meines Kleides hinabgleiten zu lassen, spielte anfangs an den Schnüren meiner Stiefel, glitt etwas weiter hinauf bis an das Strumpfband, wo er mit seiner Hand meinen nackten Schenkel berührte...

Die Vernunft hatte jede Macht über mich verloren. Ich bedachte nichts mehr. Hätte mir jemand gesagt, welche Schande meiner harren könnte, daß ich schwanger werden, entbinden und bei der Entbindung sterben würde, wären Menschen dazugekommen, die uns betrachteten, ich würde das Liebesspiel weitergetrieben haben, hätte mein Glück hinausgeschrieen, würde keine Scham empfunden haben – so sehr war ich zur Sklavin meiner Begierden geworden. Mein Blick glitt von seinem Gesicht über die umherstehenden, toten Gegenstände bis zu dem glatten Wasserspiegel, in dem das Licht des Mondes schwamm. Hier und da sprang ein Fischlein auf und kräuselte das silbrige Wasser. Wie erfrischend und reizvoll müßte ein Bad mit Arpad sein! Ich war eine gute Schwimmerin, hatte in Frankfurt Unterricht genommen und wäre imstande gewesen, den Main, selbst die Donau in ihrer ganzen Breite zu durchschwimmen.

Arpad erriet meine Gedanken und flüsterte mir ins Ohr: »Willst Du mit mir in diesem Teich baden? Es ist keine Gefahr dabei. Jetzt kommt niemand hierher. Die Leute im Restaurant schlafen schon seit Stunden.«

»Du hast aber davon gesprochen, daß es hier so unsicher sei«, sagte ich, »daß man erst kürzlich jemanden umgebracht habe. Sonst möchte ich wohl!«

»Ängstige Dich nicht, mein geliebter Engel! Dies ist noch der sicherste Platz«, entgegnete er. »Weiter der Stadt zu, in der Platanenallee, die nach der Königsgasse führt, dort ist es gefährlich.«

»Was wird man aber im Hotel sagen, wenn wir so spät zurückkehren?«

»Die Tore des Hotels bleiben die ganze Nacht offen, der Portier schläft in seiner Loge. Du weißt doch, welches Zimmer Du bewohnst? Möglich, daß das Stubenmädchen den Zimmerschlüssel steckengelassen hat, das geschieht öfter. Wir werden sehen; eine Ausrede für ein spätes Nachhausekommen ist bald gefunden. Ich selbst nehme mir oft ein Zimmer in diesem Hotel, wenn ich den Hausmeister meines Onkels nicht wecken will. Dann greife ich nach dem nächstbesten Schlüssel und tue, als wäre ich zu Hause. Dein Zimmernachbar ist heute abgereist, seine Stube ist leer, dort quartiere ich mich ein.«

»Da Du mich beruhigst, wollen wir es versuchen. Hilf mir bitte beim Auskleiden«, sagte ich. Er warf sogleich seine ungarische Mütze, seinen Schnürpelz und seine Weste von sich und half mir im Aufnesteln meines Schnürleibchens. Es währte keine drei Minuten und wir standen beide nackt im Mondenschein.

Arpad schien noch niemals ein nacktes Weib gesehen zu haben. Er zitterte am ganzen Leibe und kniete vor mir hin. Endlich riß ich mich von ihm los und sprang ins Wasser. Ich ging immer tiefer, bis ich keinen Grund mehr unter mir fühlte und schwimmen mußte. Arpad schwamm nur mit einer Hand, wobei er auf der Seite lag; mit der anderen drückte er mich an sich, tauchte manchmal unter, und ich fühlte seinen Lockenkopf an meinen Brüsten. Wir kamen an eine seichtere Stelle. Die Begierden überwältigten uns. Ich dachte keinen Augenblick an die möglichen Folgen meiner Hingabe. Seine Finger drangen krampfhaft in mein Fleisch. Wollüstige Schauer durchzitterten unsere Glieder. Die Beine drohten ihren Dienst zu versagen. Wir standen fest aneinandergepreßt auf einer Stelle, keines Wortes mächtig, gedankenlos in seliges Hinbrüten versunken. Wenn es überhaupt einen Gedanken gab, so den, daß es ewig so bleiben, daß uns der Tod so überraschen möge. Dann wäre Sterben die höchste Seligkeit gewesen!

Der Wind trug die Schläge vom Turm der Theresienkirche zu uns herüber. Mitternacht! Ich mahnte Arpad, den Rückgang in die Stadt anzutreten; dort könnten wir das Liebesspiel fortsetzen. Er ging sofort darauf ein. Darin unterschied er sich von vielen anderen Männern, die, wenn sie über uns gesiegt haben, ihrem Willen Geltung verschaffen wollen – bewußt, selbst gegen die Vernunft, um zu dokumentieren, wer die Oberhand gewonnen. Er bat mich nur, ihm zu erlauben, mich wie ein Kind auf seinen Armen an das Ufer tragen zu dürfen. Er faßte mich, ich umschlang ihn mit meinen Armen; so trug er mich aus dem Teich auf die Holzbank, wo unsere Kleider lagen. Hier zog ich meine Strümpfe an, er schnürte unter fortwährendem Küssen meiner Knie und Waden meine Stiefeletten, dann kleideten wir uns vollends an und gingen dem Rondell zu. Gleich am Ausgang des Stadtwäldchens stand eine Mietkutsche; der Kutscher saß schlafend auf dem Bock. Arpad weckte ihn und fragte, ob er uns für ein gutes Trinkgeld in die Stadt fahren wolle. Er nannte ihm den Josefsplatz, da er vermeiden wollte, daß der Fiaker erführe, wo ich wohnte; auch ich war vorsichtig genug, meinen Schleier über das Gesicht zu schlagen. Der Mann sagte, er werde uns für einen Gulden in Silbermünze dahin bringen. Wir setzten uns also in den Wagen, und der Kutscher trieb seine Pferde zu schnellem Trab an. Er hatte eine Partie junger Leute in eine Gaststätte gebracht, die dort ein Trinkgelage veranstalteten. Man hatte den Fiaker auf Mitternacht bestellt, die allerdings längst vorüber war, ohne daß die Zecher Anstalten machten, aufzubrechen. Wenn sich der Fiaker sputete, konnte er bald wieder an Ort und Stelle sein.

Auf dem Josefsplatz hielten wir. Von hier aus war es nicht mehr weit bis zum »Königin von England«. Arpad ließ mich vorausgehen; er bemühte sich inzwischen um die Schlüssel. Ich ging hinauf und wartete vor meiner Zimmertür. In wenigen Minuten war er bei mir, brachte aber nur einen Schlüssel, da der Portier nicht schlief. Arpad hatte ihm vorgeflunkert, er habe mich nach Ofen begleitet, wo er seine Tante angetroffen, der er mich vorgestellt hätte; wir seien dann in die Horvathschen Gärten gegangen und erst spät aufgebrochen. Nachdem er mich eingelassen hatte, verschwand er wieder, um den Portier zu täuschen. Er würde, so sagte er, durch das andere Tor oder durch das Kaffeehaus, das während der Marktzeit die ganze Nacht offenstand, heraufkommen, ohne daß dies jemand bemerke.

Arpad kam, als ich schon im Bett lag. Ich sah es an seinem Gesicht, wie gern er noch geblieben wäre, doch war er delikat genug, nicht in mich zu dringen und verließ mich, nachdem wir uns herzlich umarmt und geküßt hatten.

Ich will Ihnen alle folgenden Liebeskämpfe, den Feldzug im Reiche Cytheras, nicht beschreiben, müßte ich mich doch zu sehr in Wiederholungen ergehen, die Sie vielleicht langweilen könnten. Arpad gestand mir, er habe in Frankfurt bei einem Antiquar ein Buch gekauft: »Denkwürdigkeiten des Herrn von H.«, aus dem er die Theorie der Liebesgenüsse gelernt habe. Es sei ein großes Glück für ihn, daß ich so bald nach Ungarn gekommen sei. Einer seiner Freunde habe sich in einem Hause, wo der Göttin Venus unsaubere Opfer gebracht werden, eine schändliche Krankheit zugezogen, die er nicht loswerden könnte.

Am ersten Abend hatte ich alle Vorsichtsmaßregeln, die ich sonst anzuwenden pflegte, vernachlässigt. Für die Zukunft nahm ich mir vor, mich gegen alle Fälle, die einem Liebesgenuß folgen können, zu bewahren. Doch es ereignete sich zuweilen, daß ich Schutzmaßnahmen unterließ; dennoch hatte unser vertrauter Umgang keine schlimmen Folgen. Sie als Arzt werden dieses Phänomen eher erklären können, als ich es zu tun vermag. Indessen sollte mein Glück nicht von langer Dauer sein. Schon im Oktober erhielt Arpad eine weit von Pest entfernte Stellung und mußte abreisen. Seine Eltern wohnten in jener Gegend, und sein Vater war ein strenger Mann, so daß es Arpad nicht einfallen durfte, seinem Willen nicht nachzukommen.

9. Brief

Im September bezog ich meine Wohnung in der Hatvanergasse im Horvathschen Hause. Ich aß nicht zu Haus, sondern ließ mir die Speisen aus dem Casino holen. So kam ich billiger weg und es war auch viel bequemer für mich. Dieser Umstand diente mir nämlich gleichzeitig als Entschuldigung dafür, daß ich keine meiner Kollegen zu Tisch bat. Hätte ich einen richtigen Haushalt gehabt, würden sie es gefordert haben, denn dies ist in Ungarn Sitte. In früheren Zeiten sollen Gastereien in noch stärkerem Maße an der Tagesordnung gewesen sein.

Ich nahm mir eine ungarische Lehrmeisterin, die mir Baron O. empfohlen hatte. Er widerriet mir, die Frauensperson einzustellen, die mir Herr von N. vorgeschlagen hatte, da sie in Pest einen schlimmen Ruf genieße. Sie habe schon mehrere Kavaliere zu Bettlern gemacht, da sie die unverschämteste Plünderin sei, die man sich vorstellen könne.

Frau von B., meine ungarische Lehrmeisterin, die in ihrer Jugend eine stadtbekannte Schönheit war, hatte in ihrem Leben so manches mitgemacht. Ihr Gatte war ein Trunkenbold und sie ließ sich von ihm scheiden. Sie sprach sehr gut deutsch und hatte die ungarische Sprache erst gelernt, als sie zum Theater kam. Ihr Vater, ein Beamter, hatte ihr eine gute Erziehung angedeihen lassen. In den Salons der Stadt hatte sie früher eine hervorragende Rolle gespielt. Sie machte mir Komplimente, daß ich so schnell ungarisch lernte. Als besonders auffallend bezeichnete sie, daß mir die Aussprache, die der deutschen in keiner Nuance ähnelt, so schnell geläufig wurde. Wir waren bald so intim miteinander, als wären wir in einem Alter gewesen. Aus ihren Abenteuern machte sie kein Geheimnis und unterhielt mich oft damit. Die Zahl ihrer Geliebten war beschränkt, dennoch kannte sie alle Abstufungen des Liebesgenusses so genau, als wäre sie die größte Messaline gewesen. Ich war erstaunt.

»Dies kommt daher«, erläuterte sie, »weil ich Freundinnen hatte, die sich nicht genierten, vor mir alle Cochonnerien aufzutischen, so daß ich das meiste aus der Anschauung lernte, ohne selbst aktiv geworden zu sein. Frau von L. zum Beispiel, die Ihnen Herr von N. als ungarische Lehrerin empfohlen hat, war in ihrer Jugend das ausgelassenste Frauenzimmer. Unterdessen ist sie zu alt geworden; dennoch hält sie sich ein paar Männer, die ihr Liebesdienste erweisen. Ich habe von Messalina, von Agrippina, von Kleopatra und anderen geilen Weibern gelesen. Ich würde den Büchern nicht glauben, würde ich die L. nicht kennen. Sie sollten mit ihr bekannt werden, weil sie eine interessante Person, ein wahres Weltwunder in ihrer Art ist: mit allen Kupplerinnen in Pest bekannt und mit den Freudenmädchen befreundet. Sie würden durch sie Dinge erfahren, die nur die wenigsten Frauen kennen.«

Ich muß hier einfügen, daß ich mit Frau von B. über das Buch de Sades gesprochen und ihr die Bilder gezeigt hatte. Sie kannte diese Abbildungen nicht, meinte aber, daß sie Frau von L. zweifellos geläufig seien.

»Was kann es Ihnen schaden, all das zu sehen?« fuhr Frau von B. fort. »Niemand wird es erfahren, denn das muß ich zum Lobe Annas (sie nannte Frau von L. gewöhnlich bei ihrem Vornamen) gestehen, daß sie äußerst diskret ist. Man empfindet eine eigene Art von Aufregung dabei, wenn man solche Szenen sieht. Sie dienen dazu, die Menschen in ihrer amoralischen Nacktheit kennenzulernen.

Wie viele Damen aus hohen Häusern gibt es in Pest, von denen niemand vermuten würde, daß sie es ärger treiben, als die verworfensten Bordelldirnen. Anna kennt sie alle; sie hat sie alle gesehen, wenn sie sich unbeobachtet glaubten, nicht mit einem Mann allein, sondern gleich mit einem halben Dutzend.«

Frau von B. hatte meine Neugier geweckt. So sehr ich auch vor den Szenen de Sades in »Justine und Juliette« Ekel empfand und mich niemals entschlossen hätte, solchen Auftritten beizuwohnen, würde doch einiges zu sehen sein, was ich ertragen könnte.

Sie werden vielleicht sagen, daß die weniger gräßlichen Auftritte einen zu den grausamsten bringen können. Ich will nicht behaupten, daß es nicht Naturen gibt, die darin keine Grenzen kennen; doch bin ich überzeugt, daß es bei mir niemals der Fall sein wird. Man könnte ebensogut behaupten, daß alle Menschen – und es ist bekannt, das dabei die Zahl der Frauen größer ist, als die der Männer – , die zu Hinrichtungen gehen oder Bestrafungen mit Stock, Ruten und Peitschen beiwohnen, auch selbst imstande seien, ihre Mitmenschen zu morden, wenn sie dies ungestraft tun könnten, um ihre krankhaften Gelüste zu befriedigen; daß dem aber nicht so ist, weiß ich genau. Eine meiner Bekannten, ebenfalls eine Ungarin, deren Vater Offizier gewesen ist und samt seiner Familie in der Alserkaserne in Wien wohnte, hat beinahe täglich körperlichen Züchtigungen beigewohnt. Sie konnte aus ihrem Fenster sehen, wie die Soldaten Spießruten liefen und Stockstreiche erhielten. Dennoch ist es ihr niemals eingefallen, so etwas selbst tun zu wollen; sie war nicht einmal imstande, einem Huhn den Hals abzuschneiden. Es scheint ein himmelweiter Unterschied zwischen Tat und Anschauung zu sein.

Frau von L. kam in Pest in die ersten Häuser; Magnatinnen waren mit ihr intim. Wahrscheinlich gab sie ihnen Unterricht in der Kunst, die sie so trefflich verstand – nämlich die Männer zu fesseln. Es ist durchaus nicht kompromittierend, mit ihr bekannt zu sein. In Deutschland wäre es der Fall gewesen.

Ich willigte ein, sie zu empfangen, und Frau von B. führte sie bei mir ein. Als einziger rümpfte Baron O. darüber die Nase und meinte, sie sei keine Bekanntschaft für mich. Ich weiß nicht, weshalb er gegen sie so aufgebracht war. Mir gefiel sie recht gut; sie war durchaus nicht so frech, wie ich sie mir vorgestellt hatte. Erst als ich näher mit ihr bekannt wurde und sie selbst aufforderte, mit mir über alles zu sprechen, legte sie jeden Zwang ab, und ich erkannte, daß dieses Weib ganz anders war, als sie sich in größeren Gesellschaften zeigte. Sie besaß eine eigentümliche Philosophie, die sich um nichts anderes drehte, als den Sinnen stets neue Nahrung zu verschaffen. Sie war ein weiblicher de Sade und wäre imstande gewesen, das zu tun, was in diesem Buch stand. Bald gab sie mir Proben, von denen ich Ihnen gleich erzählen werde.

Wir sprachen davon, auf welche Weise der Genuß, dessen Ziel die geschlechtliche Vereinigung des Mannes mit dem Weibe ist, erhöht werden könne. Sie stellte fest, daß das Gefühl durch den häufigen Genuß abgestumpft werde, und daß man künstliche Mittel anwenden müsse, um es wiederherzustellen. »Ich würde es keinem Mann raten«, sagte sie, »alles zu versuchen, was ich durchgemacht habe, obschon es viele von ihnen tun wollten. Bei einem Mann gibt es nichts Schlimmeres als die Überreizung; sie entnervt und macht impotent. Die Phantasie hilft ihm nur selten, das zu ersetzen, was er leichtsinnig verschwendet; bei einer Frau hingegen erhöht die Phantasie den Reiz immerfort.«

»So gibt es nur wenig Weiber, die die Wollust des Schmerzes, namentlich der Ruten und der Peitsche kennen«, sagte sie. »Unter den unzähligen weiblichen Gefangenen, die vor den Komitats- und Stadthäusern Karbatschenhiebe erhalten, gibt es kaum eine, die sich vor dieser Strafe nicht fürchtet. Ich habe bis jetzt nur zwei Frauenzimmer gefunden, die diese Wollust erkannt hatten. Das eine war eine Lustdirne in Raab, die mehrere Diebstähle beging, nur um mit Karbatschenhieben gezüchtigt zu werden. Ihr war sogar die Öffentlichkeit und die damit verbundene Schande eine Wollust. Sie war stolz darauf, eine Hure genannt zu werden. Dennoch kreischte und jammerte sie, wenn sie die Hiebe erhielt. Dann aber, wenn sie in ihre Zelle zurückgebracht oder ganz entlassen wurde – was zumal bei kleinen Diebstählen immer der Fall ist, wenn das gestohlene Gut wiedergefunden wird – , entkleidete sie sich und betrachtete im Spiegel die geschundenen Hinterbacken mit Wollust. Das war die Fortsetzung ihrer Empfindungen während der Exekution; inmitten des schneidendsten Schmerzes hatte sie die wohligsten Erregungen. Auch hier in Pest habe ich ein solches Mädchen entdeckt; es befindet sich auf dem Stadthause und erhält vierteljährlich dreißig Karbatschenhiebe. Dabei kreischt sie aber niemals; ihr Gesicht drückt mehr Wollust als Schmerz aus. Hätten Sie Lust, dieses Mädchen zu sehen, während es seine Strafe erhält?«

Ich zögerte; meine Bedenken rührten daher, daß ich glaubte, der Stadthauptmann, Herr von T., würde erfahren, daß ich an solchen Schauspielen Vergnügen fände. Ich kannte ihn – er gehörte zu meinen Courmachern. Anna – ich nenne sie so, weil Frau von B. sie nur mit dem Vornamen ansprach – sagte, es sei nicht notwendig, daß Herr von T. meiner ansichtig würde. Frau von B. und mehrere Damen, einige sogar aus der Hocharistokratie, wie die Gräfinnen E.,

R., O. und B., würden gewiß dabei sein; da könnte ich unbemerkt durchrutschen. Überdies sollte ich mich so verschleiern, daß mich niemand erkennen könnte.

Ich willigte ein, und da der Tag, an dem die Arrestantin ihre Strafe erhielt, nicht fern war, brauchte ich auch nicht lange zu warten. An dem Morgen, an dem die Exekution vollzogen werden sollte, gab es ein anderes Schauspiel, das die Magnatinnen davon abhielt, sich zum Rathaus zu begeben. Es war der große Empfang bei einer Erzherzogin, die eben aus Wien eingetroffen war. Anna hatte es arrangiert, daß wir drei: Anna, Frau von B. und ich, ungesehen in das Zimmer kamen, das im Erdgeschoß für sie und uns bereit gehalten wurde. Wir nahmen am Fenster Platz, und bald erschienen drei Männer: der Stadthauptmann, der Gefängniswärter und ein Stadttrabant; dann die Delinquentin, ein Mädchen, kaum achtzehn Jahre alt. Ein Gesichtchen wie eine junge Göttin, zart von Wuchs und mit dem Ausdruck der Unschuld im Gesicht. Sie zeigte keine Furcht, doch schlug sie die Augen zu Boden, als schämte sie sich. Anna sagte mir, dies sei nur Verstellung, die sie niemals verließ; ich könnte mich später davon noch überzeugen.

Der Gefängniswärter schnallte sie auf die Bank, und der Stadttrabant fing mit seinen Karbatschenhieben an. Sie hatte nur ein dünnes Röckchen und das Hemd am Leibe. Beide Kleidungsstücke waren angespannt, so daß man ihre Formen genau sehen konnte. Unter jedem Hiebe erzitterten die Backen und blieben in oszillierender Bewegung. Ihr Gesicht zeigte verbissenen Schmerz, jedoch auch Wollust, und dies letztere Gefühl steigerte sich beim zwanzigsten Hiebe, so daß ihre Augen sich verdrehten, und ihr Mund sich öffnete. Sie seufzte und hatte ganz das Aussehen, sich in höchster Ekstase zu befinden.

»Es hätte entweder viel früher oder erst gegen Ende so kommen sollen«, flüsterte mir Anna zu. »Ich glaube nicht, daß sie zum zweitenmal Wollust genießen wird; wir müssen ihr später dazu verhelfen, wenn sie nach der Exekution hereinkommt. Ich habe dem Gefängniswärter fünf Gulden gegeben, damit er sie hereinschickt. Ich tat es Ihnen zuliebe.«

Ich wußte, was dies bedeuten sollte und nahm aus meiner Brieftasche zehn Gulden, die ich Anna gab, damit sie die übrigen Auslagen bestreiten konnte. Auch die Delinquentin sollte beschenkt werden, wenn sie hereinkäme.

Die Exekution währte eine halbe Stunde. Zwischen jedem Hieb eine Minute. Herr von T. entfernte sich, der Stadttrabant trug die Bank fort, die Geprügelte trat bei uns ein. Anna ging mit uns in ein anderes Zimmer. Hier waren die Fensterchen aus mattem Glas, so daß man nicht hereinblicken konnte. Das Mädchen gehorchte, doch verstellte es sich auch jetzt noch; es tat, als ob es sich schämte. Ihr Hinterteil war fürchterlich geschwollen, man konnte die Striemen zählen, und an manchen Stellen sickerte Blut durch die zarte Haut.

»Du hast nur einmal Wollust gefühlt?« fragte Anna das Mädchen.

»Nur einmal«, sagte die Arrestantin mit so schwacher Stimme, daß man sie kaum vernahm. Ihre Beine zitterten, und es hatte den Anschein, als ob sie nach einem zweiten Genuß verlangte. Anna rückte einen Stuhl heran und begann ein Spiel, das die Kleine außer sich brachte. Das Mädchen ächzte und stöhnte, sie hielt sich mit beiden Händen an Annas Haaren, die sie aus einem Übermaß der Empfindungen zu reißen und zu zerzausen begann. »Kratzen Sie mich, beißen Sie mich!«, bettelte die Kleine.

Dieses Schauspiel hatte mich so aufgeregt, daß ich Anna um den Platz, den sie bei dem Mädchen einnahm, beneidete. Den Wunsch, ihre Stelle einzunehmen, mußte sie schon von meinem Gesicht abgelesen haben.

»Wollen Sie es auch versuchen? Und Du, Nina, solltest nicht untätig dort sitzen wie ein Klotz, hilf dem Fräulein!«

Frau von B. lachte, entkleidete sich und mich; Anna blieb wie sie war.

Nina (Frau von B.) verfügte über einen schönen Körper, schöner als der meiner Mutter. Da sie niemals Kinder gehabt hatte, waren ihr Bauch nicht runzelig und ihre Brüste nicht schlaff. Ihr Alter prägte sich nur in ihrem Gesicht aus. Sie zählte fünfzig Jahre. Dennoch hatte sie bei der Männerwelt weniger Glück, als die figürlich ihr bei weitem nachstehende Anna. Nina wirkte nicht erregend, sie glich einer Marmorstatue. Auch jetzt blieb sie kalt. Ich lief keine Gefahr, mich bloßzustellen. Die Arrestantin hatte noch ein Vierteljahr Gefängnisstrafe zu absolvieren und würde, wie mir Anna versicherte, spätestens eine Woche nach ihrer Freilassung wiederum etwas begehen, um der Wollust des Karbatschens nicht beraubt zu werden; mithin brauchte ich sie nicht wiederzusehen, außer es gefiel mir, sie hier aufzusuchen.

10. Brief

Sie haben es selbst gefordert, daß ich nichts von meinen Erlebnissen und Empfindungen verschweige. Als Abnormitäten in meinen Gelüsten über mich kamen, habe ich keinen Augenblick gezaudert, sie Ihnen ohne Auslassungen mitzuteilen, weil ich überzeugt war und bin, daß Sie imstande sein werden, sich alles zu erklären, da Sie ein ebenso tief blickender Psychologe wie Physiologe sind. Möglich, daß Sie noch von keiner Frau solche Geständnisse erhalten haben, doch bin ich überzeugt, daß Sie solche Fälle studierten und hierfür eine Deutung finden. Ich bin ein Laie in diesen Wissenschaften, bin nur dem Augenblick gefolgt, ohne jemals daran zu denken, ob das, was ich tat, etwas ist, wogegen sich unser besseres Gefühl empört und Ekel empfindet. Ich würde im Zustand der Sinnesnüchternheit vor dem Gedanken geschaudert haben, solche Dinge zu begehen. Jetzt aber, nachdem ich es getan habe, bin ich anderer Ansicht geworden – ich sehe nicht ein, was daran unflätig sein soll.

Sie würden mich vielleicht berichtigen, wenn ich Ihnen das mündlich sagte – vielleicht aber auch nicht. Sie kennen die Beschaffenheit des Menschen besser und werden den Schlüssel zu diesem Phänomen haben. Ich betrachte die Dinge nach eigener Anschauungsweise.

Vor allem wirft sich mir die Frage auf, was man auf diesem Gebiet als unflätig bezeichnen soll oder muß. Wenn wir bedenken, daß wir alle Tage schon dadurch, daß wir uns mit Stoffen nähren, die, wenn wir sie genau analysieren wollten, sich im Zustande der Fäulnis befinden – wir mögen uns noch so sehr einreden wollen, daß die Nahrungsmittel durch Feuer oder Wasser geläutert werden – , so begehen wir doch laufend Unflätigkeiten. Es gibt sogar einige Nahrungsmittel, die in der Fäulnis sehr weit gekommen sein müssen, damit sie uns munden. Sind der Wein und das Bier nicht durch den Gärungsprozeß gegangen, ehe wir sie trinken? Und was ist Gärung sonst, als Fäulnis in einem gewissen Stadium? Ist nicht das Verfaulteste in einigen Vögeln, namentlich Schnepfen und Krammetsvögeln, eine Haugoût-Delikatesse, und sind es nicht die abscheulichsten Tiere, womit sich Schnepfen ernähren? Gehen nicht die Nahrungsmittel aller Tiere in ihr Blut und werden sie nicht zu ihrem Fleische? Bedenken wir nur, womit sich Schweine und Enten nähren. Untersuchen wir den Käse, und wir werden in ihm garstige Maden finden. Erinnern wir uns daran, wie man Heringe einsalzt. Ich habe es in Venedig gesehen und will gar nicht sagen, wie es geschah. Wenn die Leute es wüßten, welche Zugaben das Seesalz erhält, sie würden Heringe niemals wieder essen. Mit einem Wort, die Unflätigkeit ist etwas sehr Relatives, und wer wird daran denken, wenn er etwas genießt, welche Stoffe darin enthalten sind?

Diese Ansichten mögen mir zur Rechtfertigung dafür dienen, daß ich mich von meinen Begierden hinreißen ließ, wie am Ende des vorigen Briefes beschrieben. Ich glaube, daß Ihnen dies genügen wird.

Etwas anderes und vielleicht Seltsameres war, was mir später wiederfuhr. Hier werden Sie ein Thema finden, das Sie als Psychologe analysieren müssen, denn es ist, obschon nicht ganz abwegig, dennoch eine Abnormität. Ich habe in letzter Zeit mehrere Bücher über die sogenannte griechische oder platonische Liebe gelesen, namentlich die Werke eines gewissen Ulrichs, ehemaligen Professors, gegenwärtig in Würzburg beheimatet. In diesen wird aber nur von der Liebe der Männer zu den Männern gesprochen, von der Liebe der Frauen untereinander ist keine Rede. Was sagen Sie dazu, wenn ich Ihnen gestehe, daß ich niemals in einen Mann so verliebt war, wie in Rosa, das Mädchen, das ich Ihnen zu Ende des vorhergehenden Briefes vorgeführt habe? Es war sinnliche Liebe, die mich zu ihr zog, doch es war auch eine des Herzens, war eine Sehnsucht, wie ich sie niemals für einen Mann gefühlt habe. Meine Zuneigung zu ihr war so groß, daß mich alle anderen Weiber anekelten, und die Männer noch viel mehr. Ich dachte an niemand anderen, als an Rosa; ich träumte von ihr, drückte die Kissen an mich, küßte und liebkoste diese, in der Einbildung, es sei Rosa, die ich umarmte; ich weinte, daß ich sie nicht sehen konnte, ja, ich war ganz außer mir, wie eine Rasende.

Ich wußte nicht, welcher von meinen beiden Freundinnen ich mich anvertrauen sollte, ob Nina oder Anna. Oder sollte ich Herrn von T. bitten, er möge Rosa den Rest der Strafe erlassen?

Er würde mich fragen, woher ich sie kenne, und ich würde nicht gewußt haben, was ich ihm antworten sollte.

Endlich entschloß ich mich, mit Anna darüber zu sprechen. Sie besuchte mich einige Tage nach der Exekution, der wir beigewohnt hatten. Sie ersparte mir die Mühe einer Einleitung zu dem Gespräch, das ich mit ihr zu führen gedachte, indem sie davon zu reden begann, daß sie solch ein Spiel allen anderen vorzöge.

»Dies ist das einzige, was mich noch ein wenig aufregt«, sagte sie. »Sind Sie nicht in die kleine Rosa ein wenig verliebt? Leugnen Sie es nicht! Ich habe gesehen, mit welcher Inbrunst Sie dem Spiel gehuldigt haben. Ein köstlicher Genuß, nicht wahr!?«

Ich war noch so sehr in Vorurteilen befangen, daß ich errötete.

Anna lachte amüsiert. »Sie erröten? Das ist ein sicheres Zeichen, daß ich recht habe: Sie sind in das Mädchen verliebt! Als Sie ihr das Geld gaben und sagten, Sie wollten sie zu sich nehmen, hatten Sie sich endgültig verraten. Nun, ein Vierteljahr ist bald vorüber, und ich hoffe, das Mädchen wird es vorziehen, zu Ihnen zu kommen, statt im Gefängnis unterzutauchen. Ihre Lust, sich mit Karbatschen prügeln zu lassen, können auch Sie befriedigen. Vielleicht wird sie Rutenhiebe vorziehen; das wird auch Ihnen Vergnügen bereiten. Es ist ein schöner Anblick, dessen kann ich Sie versichern.«

»Wäre es nicht möglich, sie eher frei zu bekommen?« fragte ich.

»Das glaube ich kaum. Die Strafzeit muß eingehalten werden. Es hängt nicht vom Stadthauptmann ab, sie zu entlassen, obwohl diese Herren vieles tun, was sehr nach Willkür schmeckt. Indessen will ich versuchen, mit ihm zu sprechen.«

»Nennen Sie aber nicht meinen Namen. Er könnte etwas vermuten«, bat ich.

»Seien Sie unbesorgt! Es wird ihn nicht befremden, wenn ich mit einer solchen Bitte zu ihm komme. Hier gibt es genug Damen, die es wie die Männer halten und Geliebte beiderlei Geschlechts haben. Wenn ich ihm sage, daß ich sie zu mir nehmen wolle – nein, das wäre nicht richtig. Ich werde sagen, es sei eine Fremde, die ein Mädchen suche, das sich derlei Martern freiwillig unterwerfe, und ich kennte keine andere als Rosa. Sie dürfen sie aber wenigstens vierzehn Tage nicht im Haus haben. Später werde ich sagen, die Dame sei abgereist. Rosa aber wolle Pest nicht verlassen, und ich hätte sie Ihnen als Stubenmädchen empfohlen, aus purer Humanität, um sie zu bessern.«

»Wird er Ihnen das glauben?«, fragte ich.

»Warum nicht? Ich habe ein gutes Mundwerk. Die Hauptsache ist, daß ich viel Geld habe, um ihn zu bestechen«, fügte sie hinzu.

»Viel Geld?« rief ich erschrocken, denn Nina hatte mir Anna als eine schreckliche Plünderin geschildert. »Wieviel glauben Sie?«

»Hm, vielleicht hundert Gulden, vielleicht auch mehr, ich weiß nicht.«

»Mehr als hundert Gulden möchte ich doch nicht darauf verwenden«, erklärte ich aber nachdrücklich. Hätte sie das Doppelte oder gar das Dreifache verlangt, ich würde es ihr auch gegeben haben.

»Wohlan, dann geben Sie mir die hundert Gulden. Wenn er es für diese Summe tut, sollen Sie das Mädchen womöglich schon morgen bei sich haben. Wenn nicht, bringe ich Ihnen das Geld zurück. Ich muß ihn gleich aufsuchen, ehe er sich zum Casino begibt. Aber ich habe kein Kleingeld bei mir, um den Fiaker zu entlohnen. Geben Sie mir noch einen Gulden, für meine Gänge und Bemühungen verlange ich nichts. Ihre Freundschaft genügt mir.«

Nina hatte recht. Dieses Weib würde mich geplündert haben, wenn ich nicht vorsichtig gewesen wäre. Ich war überzeugt, daß sie zu Fuß gehen würde.

In weniger als einer Stunde war sie wieder zurück und sagte, v. T. mache Schwierigkeiten. Sie habe noch fünfzig Gulden zugelegt, erst dann habe er sich erweichen lassen, nur aus alter Freundschaft für sie; er habe gar nicht nach der Ursache, noch danach gefragt, wer sie frei haben wolle; wahrscheinlich habe er dahinter einen Kavalier vermutet, der inkognito bleiben wolle.

Ich war gezwungen, ihr noch fünfzig Gulden zu geben.

Dann aber klagte sie über schwere Zeiten und schlechte Zahler. Sie zeigte mir eine Menge Leihhausscheine und sagte, wenn sie die Zinsen morgen nicht bezahlen könne, würden die Pfänder verfallen. Dies brachte ihr weitere fünfzig Gulden aus meiner Tasche ein. Sie betrachtete diese Summe als Darlehen; ich hingegen erwiderte, sie brauche sie mir nicht zurückzugeben. Damit wollte ich mir ihre Verschwiegenheit und spätere Dienste sichern.

Am nächsten Tage erzählte ich Nina den Handel, die meinte, v. T. erhielte höchstens dreißig Gulden, das übrige würde Anna einstecken; außerdem aber erwarte sie von mir bestimmt die Einladung zu einem Souper.

»Es ist möglich«, sagte Nina, »daß Sie ein verlorenes Geschöpf vom Untergang retten, doch Gott wird diese gute Handlung lohnen. Es wird Sie aber etwas kosten, denn dieses Mädchen wird Kleider brauchen. Auch wäre es gut, wenn Sie sie ein Bad nehmen ließen. Diese unglücklichen Geschöpfe bekommen im Gefängnis leicht Ungeziefer. Ich habe ein Mädchen bei mir gehabt, das ganz denselben Wuchs und die Größe Rosas hatte. Sie ist mir durchgegangen und hat ihre Kleider zurückgelassen, da sie die meinigen stahl. Taxieren Sie die Kleider selbst und geben Sie mir dafür, was Sie glauben, daß sie wert sind.«

Frau von B. war in Geldangelegenheiten das ganze Gegenteil von Anna. Ich schätzte die Kleider, die sie mir brachte, auf fünfundvierzig Gulden. Sie berechnete dafür jedoch nicht mehr als sechsunddreißig Gulden, und es kostete mich viel Überredung, daß sie eine Brosche von mir als Andenken annahm.

Obwohl es fast acht Uhr abends war, als Rosa zu mir kam, fuhr ich noch mit ihr nach Ofen ins Kaiserbad und ließ mir eines der Türkenbäder aufschließen. Es war im Oktober, doch diese Bäder werden bei zunehmender äußerer Kälte immer wärmer. Das arme Kind fühlte erst jetzt die Nachwehen der gestrigen Exekution. Ich durfte die wunden Teile kaum berühren, doch tat es ihr wohl, als ich behutsam darüberfuhr. Das warme Wasser des Bades belebte sie. Sie war nicht mehr so scheu und verschämt, wie gestern vormittag und fiel mir um den Hals. Sie schwor mir, niemals einen Mann zu lieben, wenn ich sie so lieben wollte, wie ich es ihr gestern vormittag gezeigt hätte. Sie war schwärmerisch bis zur Selbstaufgabe und sagte, es würde für sie eine Wollust sein, von mir erwürgt oder erstochen zu werden. Was ich nicht gehofft oder gar geglaubt hatte, war, daß das Mädchen noch Jungfrau war.

Nachdem wir uns im Bade erfrischt und die Zeit mit kleinen Tändeleien vertrieben hatten, fuhren wir nach Hause. Anna und Nina erwarteten uns bereits; sie hatten – freilich auf meine Rechnung – ein köstliches Souper mit Champagner, in Eis gekühlt, auftischen lassen. Anna wies auf eine große Rute und sagte, ich möge auch dieses versuchen.

Das Zimmer war so gut geheizt, daß wir nichts zu befürchten hatten, wenn wir uns entkleideten, und diesmal auch Anna. Ich sah aber nicht viel von ihren verblühten Reizen, denn sie kroch unter den Tisch und sagte, sie wolle die Rolle eines Hundes spielen. Es war keine sonderlich erregende Attraktion, nach der wir uns nackt wie geschorene Pudel zu Tisch setzten. Nina half mir beim Essen, indem sie mich fütterte und mir das Glas an den Mund hielt. Wir aßen viel und tranken noch mehr, so daß auch die sonst so kalte Nina in Feuer geriet. Dann folgte die Hauptszene, eine Gruppe, wie sie die Römer auf ihren Kameen und Basreliefs darstellten – ein wirres, trotzdem zweckentsprechendes Knäuel von Leibern, die einander zu Gefallen waren...

Als ich wieder zu mir kam, waren Anna und Nina fortgegangen. Rosa lag neben mir im tiefsten Schlaf. Da ich sie nicht wecken wollte, legte ich meinen Kopf zurück auf das Kissen und schlief wieder ein, um erst nach zehn Uhr morgens zu erwachen. Nina kam jeden Tag, um den Unterricht in der ungarischen Sprache fortzusetzen. Mit meiner geliebten Rosa genoß ich, sooft wir ungestört sein konnten, jede Art der Wollust. Sie war so anhänglich, als wäre ich ein Mann. Auch jetzt noch, nach so vielen Jahren, ist sie geblieben, was sie mir damals war.

Einige Zeit später machte mir Anna den Vorschlag, einer »großartigen Orgie« in einem Bordell beizuwohnen, die gelegentlich des Karnevals stattfinde. Daran nähmen auch Damen der Aristokratie teil. Alle seien maskiert, so daß niemand sie zu erkennen imstande wäre; nur durch ihre Masken unterschieden sie sich von den übrigen Venuspriesterinnen. Dort werde der größte

Luxus aufgeboten. Die Herren erhielten Gratiseintritt, während die Karten der Damen sehr teuer seien – jede koste sechzig Gulden.

»So etwas«, sagte sie, »werden Sie nicht einmal in Paris sehen. Die Zahl der Teilnehmerinnen ist beschränkt – nicht mehr als dreißig. Die hübschesten Huren von Pest werden eingeladen, und etwa achtzig Herren. Sie sehen, daß der Preis für die Teilnahme nicht übertrieben ist, da die Zahl der Teilnehmer auf etwa einhundertfünfzig beschränkt bleibt; somit kommen auf eine Person nicht mehr als zwölf Gulden. Die Kupplerin will für den Verlust des Abends entschädigt werden. Dazu die Beleuchtung und die Musik, endlich das Souper. Im vorigen Jahr haben die Gräfinnen Julie A. und Bella R. aus eigenem Beutel noch eintausendfünfhundert Gulden zusetzen müssen. Ich werde von einer der Damen ein Gratisbillett erhalten, wie bis jetzt immer. Wenn Sie daran teilnehmen wollen, müßten Sie mich dies noch im Laufe der Woche wissen lassen, damit ich für Sie eine Karte reservieren lassen kann.«

Ich wollte anfangs nicht. Schon das, was ich bis jetzt ausgegeben hatte, war mir zu viel. Rosas Befreiung kostete mich allein zweihundert Gulden. Obwohl ich eine hohe Gage erhielt, würde ich es doch gefühlt haben, wenn ich noch achtzig, wenn nicht gar hundert Gulden mehr ausgab, denn ich mußte auch mit Extraauslagen rechnen. Anna drang aber so sehr in mich, daß ich endlich einwilligte. Nach ein paar Tagen erhielt ich von ihr eine lithographierte Einladungskarte mit einer Vignette, die ich schon in einem französischen Buch gesehen hatte. Unterzeichnet war die Karte von der Gräfin Julia A. und mit L. R., den Initialen einer der berüchtigtsten Bordellbesitzerinnen von Pest und, wie ich erfuhr, vom Stadthauptmann v. T. sehr begünstigt.

Anna sagte mir, daß Damen, die im Domino erschienen, darunter nichts anhätten. Von allen Damen würde darauf Rücksicht genommen werden, daß bestimmte Körperteile leicht entblößt werden könnten; malerische Kostüme würden ihre Reize noch hervorheben. Mit einem Wort: sie zeichnete ein so verlockendes Bild, daß ich sogar eine Charaktermaske für mich anfertigen ließ.

Außer dem Opernpersonal und dem Intendanten, der die Proben fleißig besuchte, erblickte ich eines Morgens einen Herrn, der mir sofort auffiel: ein schöner Mann mit einem klugen Gesicht und elegant gekleidet. Einer meiner Kollegen hatte ihn hierher gebracht. Er war ein Kunstkenner und Kunstliebhaber. Als unser Tenor eine Stelle falsch vortrug, trat dieser Herr an seine Stelle und sang mit so viel Feuer und Ausdruck im Vortrag, daß es uns alle entzückte. Er verfügte über eine Stimme, wie ich sie noch nie gehört hatte; sie drang durch alle Fasern meiner Empfindungsfähigkeit. Alle applaudierten, auch der Tenor: »Es wäre eine wahre Profanation, wenn ich nach Ihnen noch singen würde«, begeisterte er sich.

Ich erkundigte mich bei Herrn von N. nach dem Namen des Fremden.

»Sie fragen mich mehr, als ich zu beantworten imstande bin. Auf seiner Visitenkarte steht »Ferry Ferry«. Das kann ein Ungar, ein Engländer, ein Italiener oder Spanier sein, vielleicht auch ein Deutscher, Franzose oder Russe. Er spricht alle Sprachen gleich gut. Ich habe seine Legitimationspapiere nicht gelesen und weiß nur soviel, daß er aus Wien kommt, daß er bei Hofe empfangen wurde, und daß man sich glücklich schätzt, ihn auf allen Magnatensoireen empfangen zu können«. Ferry blieb bis zum Ende der Probe und wurde mir dann vorgestellt.

An Tagen, an denen eine Generalprobe stattfand, hatte ich den Abend frei. Man hatte mir empfohlen, Konversationsstücke zu besuchen, um mir die richtige Aussprache des Ungarischen anzueignen, und so begab ich mich in die Theaterloge. Im ersten Zwischenakt erhielt ich einen unerwarteten Besuch – Herrn von Ferry. Er entschuldigte sich, daß er es wage, mich hier zu besuchen; ich lud ihn ein, zu bleiben. Er machte mir den Hof, lobte meine Stimme, sagte, ich mache eine gute Figur auf der Bühne, und meine Toilette sei geschmackvoll. Von persönlicher Zuneigung oder gar von Liebe ließ er jedoch nichts verlauten, noch machte er Andeutungen nach dieser Richtung. Ich nahm mir vor, ihn zu erobern, ehe es einer der hiesigen, verbuhlten Magnatinnen gelang. Dabei wandte ich alle Künste der Koketterie an und glaubte, seine Eroberung würde nicht schwer werden. Da er sich die Gunst erbeten hatte, mich in meiner Wohnung besuchen zu dürfen, glaubte ich, ihn schon zu besitzen – aber ich hatte mich getäuscht.

Wir sprachen über die Liebe, doch nur allgemein; wenn er mir auch mit Worten zu verstehen gab, daß ich ihm sehr gefiele, bat er mich doch niemals um die geringste Gunstbezeigung. Gab er mir bei seiner Ankunft oder seinem Abschied die Hand, geschah dies in einer Weise, aus der ich nichts folgern konnte.

Endlich brachte ich ihn doch so weit, daß er von seinen bisherigen Liaisons zu sprechen begann, nachdem ich ihn gefragt hatte, ob er schon viele Eroberungen gemacht und jeweils ernstlich verliebt gewesen sei.

»Ich liebe das Schöne, wo ich es finde«, sagte er. »Ich halte es für Unrecht, mich an eine Person zu fesseln, auch halte ich die Ehe in der Theorie für eine tyrannische Einrichtung. Wie darf ein Mensch, der auf Ehre hält, ein Versprechen für etwas geben, das seinem Wesen nicht entspricht und nicht von seinem Willen abhängt? Man sollte eigentlich niemals etwas versprechen. Sie werden auch niemanden finden, dem ich je etwas versprochen hätte. Nicht einmal, wenn ich zu einem Diner oder einer Abendunterhaltung eingeladen werde, gebe ich meine Zusage; ich bestätige lediglich den Empfang der Einladung. Ich wette niemals und spiele kein Hasardspiel. Weil ich die Macht des Zufalls kenne, will ich ihm möglichst wenig Chancen einräumen. Deshalb werde ich auch niemals einer Dame, die mir gefällt, die Treue versprechen. Sie mag mich nehmen wie ich bin; wenn sie sich herabläßt, mein Herz mit anderen zu teilen, so findet sie darin Platz genug. Deswegen habe ich noch keiner Dame eine Liebeserklärung gemacht, sondern immer darauf gewartet, daß sie mir offen und ehrlich sagt, wenn ich ihr gefalle – so gefalle, daß sie mir nichts verweigert.«

»Ich glaube, daß Sie solche Frauen gefunden haben«, entgegnete ich, »doch begreife ich nicht, daß Sie sie lieben können, denn – vergeben Sie mir – es müssen freche Weiber sein, die einem Mann eine Liebeserklärung machen, ohne seine Initiative abzuwarten.«

»Das sehe ich nicht ein! Muß einem Mann ein Weib nicht viel lieber sein, das alle konven-
tionellen Rücksichten beiseite schiebt, als eines, das nur Komödie spielt? Auch jene Damen, die
sich bitten lassen, tun es nur mit dem festen Vorsatz, schließlich nachzugeben. Wird ein Mann
das Weib, das seine eigene Eitelkeit der seinigen unterordnet, nicht mehr und länger lieben
können als eine, die ihn mit ihrer Koketterie lange hinhält? Schon die Erbitterung treibt die
meisten Männer zur Revanche an den Weibern, die sie lange haben schmachten lassen. Wenn
sie sie aber dann erobert haben, vergelten sie es ihnen dadurch, daß sie ihnen untreu werden
und sie verlassen.«

»Und jene unglücklichen Mädchen, die sich dem Mann ihres Herzens beim ersten Sturm
ergeben, verdienen auch sie, daß die Männer sich an ihnen rächen?«

»Ich habe die Vergeltung nur auf kokette Frauen bezogen und würde niemals ein unschuldiges
Mädchen überreden wollen, sich mir zu ergeben. Dennoch mangelte es mir nicht an jenen, die
sich mir selbst angeboten haben. Jede von ihnen hat mich gebeten, sie von ihrer Jungfräulichkeit
zu befreien, weil sie ihr zur Last war; jede wußte, daß dies ihre Bestimmung war. Es stand ihnen
frei, eine Wahl zu treffen; aber sie dachten sich: soll ich mir einen wählen, der mir nachgeht und
mir weniger gefällt als jener, der es mir wohl zu verstehen gibt, daß ich ihm gefalle, ohne aber
mir zuzureden, ich möge mich ihm erklären? Bei einer solchen Logik fiel ihre Wahl auf mich;
sie überwanden jene lächerlichen Skrupel, die ihnen von Kindesbeinen an, von ihren Müttern
und Tanten und anderen prüden und lebenssatten Menschen über Schamhaftigkeit eingeprägt
wurden, und spielten ein offenes Spiel – mir gegenüber. Keine hat es bereut. Einer jeden hielt
ich die Folgen, die ihr Schritt nach sich ziehen könnte, vor Augen. Einer jeden sagte ich, daß
sie Mutter werden könnte, daß ich sie nicht heiraten, daß ich auch andere Frauen lieben, daß
sie mich niemals wiedersehen würde. Sagen Sie mir, war dies nicht ehrlich gehandelt?«

Ich konnte es nicht leugnen. Er hatte auf all meine Einwände eine Antwort, und ich wußte,
daß er mir niemals eine Liebeserklärung machen würde, und daß ihn viele Messalinen unter
den Magnatinnen mir abwendig machen würden, wenn ich nicht täte, was er mir andeutete. Ich
zögerte noch und wartete auf eine Gelegenheit, die ich während des Karnevals zu finden hoffte.
Ob er mich für ganz unerfahren in der Liebe hielt, weiß ich nicht. Die Jungfräulichkeit hatte
nach allen seinen Äußerungen keinen besonderen Reiz für ihn.

Ich sann darüber nach, ob ich mich einer meiner Freundinnen mitteilen und sie als Vermitt-
lerin verwenden sollte und erzählte dann Anna, worüber ich mit ihm gesprochen hatte. Sie
wurde nachdenklich und meinte, sie glaube, daß Ferry bereits in die Netze einer der Magnatinnen gegangen sei. Doch versprach sie mir, ihn auszuhorchen, um zu erfahren, ob er an der
Orgie im Bordell von Resi Luft teilnähme. Einige Tage darauf brachte sie mir wenig tröstliche
Nachrichten. Die Fürstin O. sei, so sagte sie, jetzt die Favoritin Ferrys. Was Ferry und den
Maskenball bei Resi Luft betreffe, so würde er gewiß dahin kommen – er hatte eine Einladung
von drei Damen erhalten, doch nicht versprochen, zu kommen, weil dies seinen Grundsätzen
zuwider sei.

Der Abend, an dem der Ball stattfinden sollte, rückte heran. Anna, Nina und Rosa halfen
mir, mein Kostüm zu vervollständigen. Es war aus himmelblauem Seidenstoff mit eingelegten,
weißen Streifen von Seidengaze, alles mit Goldblumen bestickt. Das Hinterteil des Kostüms un-
terhalb der Hüfte, dann vorn die Büste und Teile vom Nabel an abwärts waren zu öffnen. Meine
Füße steckten in niedlichen Sandalen aus scharlachrotem Sammet, ebenfalls mit Goldblumen
bestickt. Mein Kopfputz bestand aus einem Marabu-Federschmuck von verschiedenen Farben.
Hierzu wollte ich eine Taffetmaske tragen, so daß nur Augen und Mund sichtbar blieben.

Am dreiundzwanzigsten Januar, abends nach sieben Uhr, fuhren wir, Anna und ich, zur Gold-
stickergasse. Ich hatte über mein Maskenkostüm einen warmen Pelz gezogen. Anna verließ
mich im Vorraum, wo ich meine Eintrittskarte abgab. Resi Luft nahm sie selbst in Empfang.
Es waren schon zahlreiche Gäste anwesend. Die ersten Herren, die ich erblickte, waren der
Stadthauptmann v. T. und der Baron O. Sie waren nicht maskiert und ganz nackt. Mein Erscheinen erregte Aufsehen im Saal, und ich hörte, wie die Damen unter sich flüsterten: »Die
wird uns alle schlagen! Ach wie schön, sie ist zum Verlieben«.

Die Herren waren noch entzückter. Meine Brüste, Arme, Waden, mein Hinterteil und die andere Seite waren nur von einem durchsichtigen Stoff bedeckt. Ich blickte um mich, um Ferry zu entdecken. Er stand an der Seite einer Dame, die ein weißes Kostüm aus Tüll trug. Schilf und Lilien als Aufputz sollten sie als Wassernymphe charakterisieren. Eine andere Maske, Venus, deren ganze Bekleidung aus einem Goldgürtel mit Diamanten und einem Diadem aus gleichen Steinen in den rabenschwarzen Haaren bestand, hatte ihren Arm um Ferrys Nacken geschlungen. Er war ganz nackt; nur an den Füßen trug er Sandalen von kirschrotem Maroquin. Weder Apollo von Belvedere noch Antonius waren so ebenmäßig gewachsen wie er. Seine Haut war glatt und hell mit einem rosigen Schimmer an den Konturen. Am ganzen Körper zitternd, verschlang ich ihn mit meinen Augen. Kurz vor dieser Gruppe blieb ich stehen. Die Venus hatte einen schönen Körper, doch waren ihre Brüste schon etwas schlaff. Man sah ihr an, daß sie im Dienste der Göttin, die sie darstellte, sehr eifrig gewesen sein mußte.

Auch Ferrys Blicke verweilten auf mir; sein Gesicht verzog sich zu einem Lächeln, und er sagte: »Ah, dies ist die beste Methode, die Initiative zu ergreifen.« Dann wandte er sich zu den Damen seiner Gruppe, verbeugte sich vor ihnen und kam geradenwegs auf mich zu. Er flüsterte mir meinen Namen ins Ohr. Ich errötete unter der Larve.

Die Musik spielte einen Walzer. Das Orchester war nicht sichtbar, eine spanische Wand trennte es von den Bacchanten und Bacchantinnen. Ferry faßte mich um die Taille, und wir wirbelten dahin, von anderen Tänzerinnen und Tänzern gefolgt. Die flüchtige Berührung mit den heißen, glatten, nackten männlichen und weiblichen Körpern, der Anblick, das Schnalzen der Küsse, der immer stärker werdende Duft wollüstiger Weiber und Männer betäubten mich beinahe. Ich hing in seinen Armen und wünschte, daß er mich küsse, Besitz von mir ergreife. Er tat es aber nicht, sondern fragte: »Bist Du eifersüchtig?«

»Nein«! erwiderte ich, »ich möchte Dich als Mars mit Venus sehen!«

Er ließ mich los und entriß einem Herrn die Dame, welche die Venus darstellte. Ein paar Mädchen aus dem »Pensionat« der Hauswirtin holten ein rotüberzogenes Taburett herbei und stellten es in die Mitte des Saales. Venus lehnte sich daran, und Ferry ergriff sie … Ich hatte mich unterdessen meiner wenigen Kleider entledigt und stellte mich nackt vor ihn hin. »Auch die Maske?« fragte ich ihn.

»Behalte sie auf«, entgegnete er, gab seiner Göttin mit der flachen Hand einen Schlag auf die Hinterbacken, und sie trat mir ihre Stelle ab. Unter dem Beifall aller Anwesenden hub das Liebesspiel an. Die Zuschauer klatschten in die Hände; Wetten wurden abgeschlossen, in welcher Zeit und mit wie häufigem Phasenwechsel das Spiel enden werde … Das wollüstige Hinbrüten danach war länger als gewöhnlich. Ich stand nicht mehr auf meinen Füßen; mehrere Pensionärinnen unserer Hauswirtin hielten meine Beine umschlungen. Ich spürte unter meinen Füßen, an meinen Seiten und vorn nichts als nacktes Fleisch. Die Damen überschütteten mich mit Küssen, und Ferry drückte mich an sich.

Er hielt mich noch lange in seinen Armen. Dann nahm er meinen Arm in den seinigen und wollte mich hinwegführen. »Auf den Thron, auf den Thron!« riefen mehrere männliche und weibliche Stimmen.

Man hatte am Ende des Saales eine Art Tribüne errichtet, auf der eine mit rotem Sammet überzogene Ottomane stand. Dahin wollte man uns geleiten, um anzuzeigen, daß wir den ersten Rang unter den Liebeskämpfern verdienten. Ferry lehnte in seinem und meinem Namen ab und sagte, er zöge es vor, wenn man es ihm gestattete, sich mit irgendeinem kühlen Getränk zu erfrischen, worauf uns die Dame, die als Venus maskiert war, zum Bankettsaal führte. Die Tische waren noch nicht gedeckt, denn noch war es zu früh zum Souper, doch fanden wir am Büffet alles, was wir brauchten.

»Schade, daß hier kein dunkles Kabinett vorhanden ist, wo meine schöne Titania« (er nannte mich so, weil er mein Kostüm dem der Göttin nachgeahmt fand) »ein wenig ausruhen könnte.«

»Resi Luft hat gewiß mehrere Kabinette«, entgegnete Venus. »Ich will es ihr sagen, damit sie Euch eins öffnet!« Sie entfernte sich und kam bald mit der Hauswirtin zurück, bei deren Anblick wir in helles Gelächter ausbrachen. Auch diese alte, dicke Person hatte alle Kleider abgelegt und erschien völlig nackt vor uns, ganz das Ebenbild der Königin einer der Südseeinseln, der berühmten Romehana. Sie öffnete uns eins der Kabinette nahe dem Tanzsaal, so daß ich durch die geöffnete Tür blicken und das wollüstige Bacchanal verfolgen konnte. Nur wenige Paare tanzten noch, die meisten zogen eine andere Unterhaltung vor. Wir hörten Gekicher, Küsse und andere wollüstige Laute. Dieser Anblick regte mich auf. Ich saß, meinen Arm um den Nacken meines Geliebten geschlungen, auf seinem Schoße...

»Du – – – ja – – – ?« Ich erstickte ihn mit meinen Küssen.

»Warum nicht?« fragte er lächelnd zurück. »Doch möchte ich die Tür schließen und verriegeln; Du aber nimmst die Maske ab, damit ich in jedem Deiner Züge lesen kann. Wärst Du imstande, mir das abzuschlagen?«

Er war nicht der Despot, der Sultan, wie er sich mir vorgestellt hatte, sondern Schäfer, sanft, rücksichtsvoll und zärtlich, der in »seiner« Stunde zu diesen Attributen neigte. Ich sprang auf, schloß und verriegelte die Tür und warf mich ins weiche Federbett. Nur eine Alabasterlampe, die vom Plafond herabhing, beleuchtete das Gemach; alles Licht fiel auf das Bett. Diesmal wurden wir nicht abgelenkt; ich sah nur ihn, und er nur mich. Bin ich imstande zu beschreiben, was ich empfand? Nein! Ich kann nur soviel sagen, daß die Opfer, die wir den Liebesgöttern dargebracht hatten, nichts waren im Vergleich zu dem, als ich ihn nunmehr ganz für mich hatte. Und welch ein Bild, als seine Augen starr wurden und den Ausdruck wollüstiger Wildheit annahmen, als seine Lippen sich öffneten und er schnaubte, als auch meine Augen sich zu trüben begannen, als wir im Wollusttaumel hinsanken...

Dann lagen wir etwa eine halbe Stunde. Unsere Lider schlossen sich, und wir schlummerten, bis uns Jauchzen, Jubel und Johlen, das aus dem Saale kam, aus unserer Lethargie rüttelten. Er suchte meine Maske, half sie festmachen. Ich kleidete mich an; Ferry schlüpfte in seinen Domino. Dann betraten wir den Saal.

Hier hatte die Orgie ihren Höhepunkt erreicht. Man sah nichts als wollüstige Gruppen, ein Bacchanal der Liebe und Lust, Phantastereien entzündeter menschlicher Hirne – exzentrisch, ausschweifend, hemmungslos, erregend und abstoßend zugleich, bis sie nach und nach hinsanken – keuchend taumelnd, satt vom Überfluß, ohnmächtig und zerschlagen im wilden Kampf der Leiber.

12. Brief

Ich teilte nun mein Liebesleben mit zwei Menschen: mit Ferry, der mein erklärter Liebhaber wurde, und mit Rosa, die mir eine Abwechslung verschaffte. Ferry gestand mir, daß er die wirkliche Liebe erst bei mir kennengelernt, und daß diese Tatsache ihn in seinen Ansichten und Grundsätzen wankend gemacht hätte. Er glaubte nun auch an die Möglichkeit der Treue. Ich selbst ergab mich jetzt schrankenlos dem Liebesleben. Da Ferry sehr vorsichtig war, blieb unser Verhältnis vor aller Welt ein Geheimnis. Am schlimmsten erging es Rosa, da Ferry ihr von mir nichts übrig ließ. Nur selten geschah es, daß er eine Nacht wegblieb, und ich das arme Mädchen zu mir nahm. Ich fühlte Mitleid mit ihr. Da ich niemals eifersüchtig gewesen war – das Lieben mit Männern fing ja so an, daß ich sie teilen mußte, so daß mir das Gefühl der Eifersucht fremd blieb – , dachte ich darüber nach, ob es mir nicht Genuß verschaffen würde, wenn ich Rosa in Ferrys Armen sähe.

Ich fragte Rosa, ob sie mit einem Geliebten wie Ferry zufrieden wäre. Sie entgegnete, sie wünsche niemals, einem Mann zu gehören, solange sie mich habe. Nachdem ich eine Weile auf sie eingeredet hatte, sagte sie, daß sie sich dann einem Mann zum Opfer bringen würde, wenn ich darauf bestünde; Ferry wäre ihr nicht lieber als jeder andere, den ich ihr aufzwänge.

Es gibt nur wenig Weiber, die den Reiz kennen, der von einem Liebespaar ausgeht, das Intimitäten miteinander tauscht, wie es auch unter den Männern nur einige gibt, die keinen Ekel vor einer Frau empfinden, die sie geliebt haben, und von der sie betrogen werden. Zu diesen Ausnahmen gehörten Ferry und ich.

Er hatte mir oft zugeredet, in seiner Gegenwart mit einem anderen Mann Wollust zu genießen; ich wollte es die ganze Zeit nicht tun und muß gestehen, daß ich anfangs dem Verdacht Raum gab, Ferry fordere es, um einen Vorwand zu haben, mich zu verlassen; es schien mir unnatürlich, daß er daran ein Vergnügen haben könnte. Er berief sich aber auf mehrere historische Beispiele, namentlich auf jenes des berühmten venezianischen Kriegshelden Gatta Melata, der mit seiner Gemahlin nur dann zur Zweisamkeit gereizt wurde, wenn sie vorher mit einem anderen Mann die Liebe genossen hatte. Endlich kamen wir überein: er sollte Rosa in der Liebe Unterricht geben, und ich würde diese einem jungen Mann beibringen. Es war nicht so leicht, wie ich anfangs dachte, Rosas Einwilligung zu erlangen. Sie fiel mir um den Hals, weinte und sagte, ich liebte sie gewiß nicht mehr. Ich küßte und züngelte sie und brachte sie so in Feuer, daß ihr Atem immer kürzer wurde. Ferry half mir, sie zu entkleiden, bis sie nackt vor uns stand. Dann umarmte er sie und trug sie aufs Bett.

Rosa bewegte sich so heftig, daß er Mühe hatte, sich zu halten. Das leise Wimmern, welches sie hören ließ, ging in Stöhnen und eine Art Girren über, wie man es bei Täubchen hört. Sie preßte ihn an sich. Wir lagen alle ineinander verschlungen, unsere Körper dampften. Ich war berauscht, als hätte ich zu viel getrunken. Langsam erholten wir uns und verließen das Bett. Ferry riet, ein Bad zu nehmen, und wir gingen zu meinem Badekabinett, wo eine große Kufe stand. Ich hatte mir diesen Luxus in Pest angewöhnt, so daß ich zu jeder Stunde des Tages baden konnte. Die Kufe war erst gefüllt worden, und das Wasser noch ganz warm. Wir stiegen hinein und fühlten uns nach dem Bad wie verjüngt.

Ich hatte mein siebenundzwanzigstes Lebensjahr erreicht. Meine Eltern, derentwillen ich sparte, waren beide innerhalb einer Woche von einer verheerenden Epidemie dahingerafft worden. Nun stand ich allein auf der Welt. Die meisten meiner Verwandten hatte ich bereits verloren, ehe ich zum Theater kam. Meine Tante, bei der ich in Wien gewohnt hatte, lebte noch, sie starb aber ein Jahr, nachdem ich Pest verlassen hatte. Ich selbst hatte beruflich viel Erfolg und Glück, andererseits trafen mich harte Schläge. Noch während meiner Anwesenheit in Pest verlor ich zwei meiner Liebhaber: Arpad H., der eine Anstellung bei der Gesandtschaft erhielt, und Ferry, der nach Amerika auswanderte. Mir blieb nur Rosa, die mich an die wonnigen Zeiten in Pest erinnerte. In einer der betriebsamsten Städte Deutschlands wurde ich mit einem italienischen Impresario bekannt, der hier durchreiste und mich in einem Konzert und in einer Oper gehört hatte. Er suchte mich in meiner Wohnung auf und schlug vor, nach Italien zu kommen.

Ich zögerte nicht lange, schloß einen Kontrakt auf zwei Jahre ab, in dem eine Gage von dreißigtausend Franken und zwei Benefizvorstellungen vereinbart wurden.

Mit siebenundzwanzig Jahren hatte ich den Höhepunkt meiner Fraulichkeit erreicht und war das, was man schön und begehrenswert nennt. Ich hatte eine unverwüstliche Natur. Trotz meinem Temperament besaß ich die Kraft, meine Begierden zu zügeln, wenn zu befürchten war, daß meine Gesundheit von den Genüssen der Liebe angegriffen wurde. In Florenz machte ich die Bekanntschaft eines sehr interessanten Mannes, eines Engländers – keinem Jüngling mehr, denn er zählte bereits neunundfünfzig Jahre.

Mit diesem Herrn konnte ich über alles sprechen. Er war ein vollkommener Epikureer, ein Mann der sich dem Studium der menschlichen Natur widmete. Seine Ansichten harmonierten mit den meinigen. Er machte mir den Hof, jedoch nicht, um von mir jene Gunst zu erlangen, nach der alle Männer lüstern sind, sondern weil er in mir einen Menschen fand, der seine Worte und deren Sinn erfaßte. Dennoch nahm ich bisweilen wahr, daß er sich für glücklich gehalten hätte, wenn ich ihm auch körperlich näher gekommen wäre.

Mich kränkte es, von dem Engländer stets gelobt zu werden, ohne einen Sturm auf mein Herz, oder was man darunter versteht, zu erleben. Meine Koketterie prallte an ihm ab. Da er mir alles erklärt hatte, was ich wissen wollte, sollte er mir aber auch eine Erklärung dafür geben, weshalb er mir gegenüber Stoiker blieb.

Ein Sprichwort sagt: »Wenn der Berg nicht zum Propheten kommt, muß der Prophet zum Berge gehen.« Hier war Sir Ethelred der Berg, und ich mußte, wenn ich Aufklärung haben wollte, mich in den Propheten verwandeln.

»Ich spreche mit Ihnen über die heikelsten Themen, über alles, Sir Ethelred«, sagte ich ihm einmal, »woher kommt es dann, daß Sie in Ihrer Courmacherei die Grenzen der Freundschaft niemals überschreiten? Wie Sie mir selbst gestanden, sind Sie ein großer Viveur gewesen, ja ich weiß, daß Sie auch jetzt noch Liebschaften haben.«

»Sie irren, Madame, ich habe keine Liebschaften«, entgegnete Sir Ethelred. »Sie werden doch nicht von einem Mann meines Alters annehmen, daß er jene ephemeren Genüsse, die er gegen Geld eintauscht, für Liebschaften hält.«

»Ich spreche nicht von Kokotten und anderen käuflichen Weibern. Sie haben nur den zweiten Teil meiner Frage beantwortet. Oder halten Sie mich für eine herzlose Kokotte? Glauben Sie nicht, daß Sie imstande wären, einem Weibe meines Alters Liebe zu schenken?«

»Ich glaube nicht, daß dies möglich ist. Wenn Sie mir auch die höchste Gunst gewährten, so geschähe dies doch nicht aus Liebe, sondern aus Mitleid. Es könnte höchstens noch krankhafte Begierde sein. Sie haben bis jetzt nur junge Männer gekannt und möchten mich dann nur in aller Lächerlichkeit sehen.«

»Sie sind ebenso ungerecht gegen sich, wie gegen mich. Ich habe Ihnen erzählt, daß ich einen Mann gekannt habe, der mir ins Gesicht sagte, er verschmähe jede Eroberung, die sich ihm nicht freiwillig anbiete. Sind Sie so eitel, daß Sie von einer Frau, die Ihnen gefällt, so etwas fordern? Sie riskieren dabei doch gar nichts. Denn wenn Sie eine abschlägige Antwort erhielten, so dürften Sie es auf die Rechnung Ihres Alters schreiben und sich damit trösten, daß Sie nicht abgewiesen worden wären, wenn Sie einige Jahre weniger zählten, wohingegen eine Frau sich sehr gedemütigt fühlen muß, wenn Sie bei ihr den keuschen Joseph spielen. Eine allzu große Bescheidenheit und Schüchternheit kleiden einen Mann nicht.«

»Noch weniger kleidet es ihn, wenn man von ihm sagt, er sei ein alter Faun.«

»Sie sind ein ansehnlicher Mann und besitzen Eigenschaften, die Ihre Jahre vergessen machen. Angenommen, ich setzte mich über die Vorurteile meines Geschlechts hinweg und sagte Ihnen, Sie dürften von mir alles erhoffen, alles fordern. Würden Sie sich auch dann noch nicht entschließen, die Ihnen gebotene Gunst anzunehmen?«

»Sie setzen einen unmöglichen Fall voraus. Sie würden das niemals tun!«

»Immerhin könnten Sie mir sagen, ob Sie mich zurückweisen würden oder nicht!«

»Ich wäre ein Wahnsinniger, wenn ich es täte. Ich würde zugreifen«, sagte Sir Ethelred.

»Sie würden mich aber im Herzen verachten, mich entweder für eine Hetäre oder für eine Messalina halten?«

»Nichts weniger. Der Geschmack und die Laune einer Frau sind unergründlich. Ich würde Sie lieben, und diese Liebe würde mich zum glücklichsten Sterblichen machen!«

Das stand im Widerspruch zu dem, was er vorhin gesagt hatte. Ich war ihm näher gerückt, legte meine Hand auf seinen Arm, blickte schmachtend zu ihm auf und setzte ihm so lange zu, bis er, seine Grundsätze vergessend, mir zu Füßen sank, meine Knie umarmte, meine Füße küßte und immer unternehmender wurde. Ich leistete keinen Widerstand, sondern ließ ihm freies Spiel. Er schlang seinen rechten Arm um meinen Leib und brachte sein Gesicht dem meinigen nahe. Ich wartete nicht erst darauf, daß er mir den ersten Kuß geben würde, sondern kam ihm zuvor. Mich selbst hatten die Präliminarien erhitzt. Er sprach nichts, sondern seufzte, und ich sah, daß eine Träne in seinem Auge glänzte. Es schien, als glaubte er nicht an sein Glück. Dann entwand ich mich seinen Armen und ging auf die Tür zu, die ich verriegelte... Dann lag er an meiner Seite und hielt mich umschlungen.

»Zweifeln Sie noch immer?« fragte ich ihn, als er mich zärtlich anblickte.

»Ich glaube zu träumen – ich hätte niemals ein solches Glück zu erhoffen gewagt – kann es auch jetzt noch nicht begreifen. Sie können mich als Ihren Sklaven betrachten...«

Er verkrampfte seine Hände in meinen Körper – hier und dort – wahllos, ziellos; er keuchte und stöhnte, daß es seine Brust zu sprengen schien. Dann war der Augenblick gekommen, der seiner Begierde Genugtuung verschaffte. Ich war so in Sinnlichkeit verstrickt, daß die Welt um mich herum in rosa Nebelschwaden versank; ich wäre beinahe ohnmächtig geworden; nur der Schrecken über die Unbeweglichkeit und Steifheit meines Liebhabers brachten mich wieder in die Wirklichkeit zurück.

Im ersten Augenblick glaubte ich, der Schlag habe ihn gerührt, denn er gab auf meine Fragen keine Antwort. Ich griff an seine Herzgrube und fühlte, wie sein vorzügliches Lebensorgan heftig hämmerte. Zum Glück stand ein Glas Wasser auf dem Nachttischchen neben dem Bett. Ich griff danach und spritzte ihm einen Teil des kalten Wassers ins Gesicht und über den Rücken. Dies brachte ihn zu sich. Er stützte sich auf seinen Arm, blickte um sich, dann beugte er sich über mich und gab mir einen Kuß. Sein Gesichtsausdruck verriet Verlegenheit, doch ich beruhigte ihn. Wir verließen das Bett und kleideten uns an.

Ich habe so manches darüber gelesen und gehört, daß Menschen in solchen Momenten vom Schlag gerührt werden können, und zwar soll dies bei Männern häufiger vorkommen, als bei Frauen. Während meines Aufenthaltes in Pest war eine Dame auf diese Art gestorben. Es muß fürchterlich sein, einen Leichnam in den Armen zu halten.

Sir Ethelred hatte meine Gedanken erraten, und wir sprachen später, als wir in den Garten gingen, darüber. »Mein Gott«, sagte er, »wissen Sie, wozu krankhafte Leidenschaften verleiten können? Fälle, in denen Menschen mit Leichnamen Unzucht getrieben haben, gab es eine ganze Anzahl. Die Gesetzgebung würde keine Strafe wegen Leichenschändung vorgesehen haben, wenn solche Fälle nicht aufgetreten wären. Ob sie in älteren Zeiten häufiger vorkamen als gegenwärtig, kann ich nicht sagen; daß Vergehen dieser Art auch jetzt noch vorkommen, ist gewiß. Während der napoleonischen Kriege ereignete es sich, daß diese krankhafte Leidenschaft positive Folgen hatte. Einige Tage vor der Schlacht bei Jena wurde ein französischer Offizier im Hause eines evangelischen Pastors einquartiert, dessen Tochter am vorhergehenden Tag gestorben war. Das heißt, der sie behandelnde Arzt hatte einen Totenschein ausgestellt. Er hatte übersehen, daß es sich hierbei um eine Katalepsie hohen Grades handelte. Am nächsten Tag, nach dem Abmarsch der Franzosen, sollte sie begraben werden. Der Offizier, der in ihr einen Leichnam sah, ließ sich von ihrer Schönheit hinreißen und schändete sie. Sie wurde aber durch die »Elektrizität« des Beischlafs von der Katalepsie befreit und dem Leben wiedergegeben. Wer kennt den Galvanismus dieses Aktes? Sie empfing sogar und wurde Mutter, die den Vater ihres Kindes, das zu einem gesunden Knaben aufwuchs, nicht zu nennen vermochte; erst viele Jahre darauf, als der Offizier zufälligerweise wieder in dasselbe Dorf kam, klärte sich die Sache auf. Als das ruchbar wurde, ließen sich Franzosen ähnliche Handlungen zuschulden kommen. Die dabei ertappt wurden, redeten sich darauf hinaus, sie hätten aus Humanität gehandelt, um verstorbene Mädchen wieder ins Leben zu rufen. Dies gelang nun freilich keinem, denn solche Fälle von Katalepsie sind äußerst selten; vielleicht schlägt auch das Mittel nicht immer an. Dennoch ist es gewiß, daß Leichenschändungen auch jetzt noch vorkommen. Personen höherer Stände neigen hierzu infolge ihrer Abgestumpftheit gegen den natürlichen Geschlechtsverkehr eher, als Leute der niederen Volksklasse. Von Beispielen dieser Art, die mir zu Ohren gekommen sind, will ich Ihnen nur eines nennen: das des österreichischen Ministers Fürst von S. Dieser ließ sich weibliche Leichname aus dem Wiener Allgemeinen Krankenhaus in seine Wohnung kommen, um sie vorgeblich zu anatomisieren, obwohl er Dilettant in dieser Wissenschaft war. Die Ärzte aber kamen dahinter, als sie feststellten, daß bei einigen Leichnamen das Hymen, das noch unversehrt gewesen, gesprengt worden war.

Eine solche Abartigkeit ist gefährlich, ja sogar tödlich, da die Wirkungen des Leichengiftes verheerende Folgen haben können. Im vorgeschrittenen Stadium der Verwesung kann es sich den Schleimhäuten mitteilen und in kürzester Zeit wirken. Ist das männliche Glied nur an einer Stelle aufgerieben, so ist der Leichenschänder dem Tode verfallen. Gewöhnlich erreicht die Verwesung am dritten oder vierten Tag einen Grad, der vergiftend wirkt. Deshalb sind Leichenschänder meist vorsichtig, namentlich in heißen Gegenden und während der Sommerzeit, weil dann der Leichnam schnell in Verwesung übergeht. Ich bin überzeugt, daß dieses Laster namentlich in Italien verbreiteter ist, als anderswo, weil das Klima die Menschen überhitzt. Hier haben Onanie, Päderastie und Leichenschändung ein erschreckendes Ausmaß angenommen. Der Prozeß gegen einen Salamifabrikanten in Verona zum Beispiel hat seinerzeit großes Aufsehen und allgemeine Entrüstung erregt. Er lockte Mädchen in sein Garn, ermordete und schändete sie. In Frankreich, sogar in England sind solche Fälle ebenfalls vorgekommen.«

Was Sir Ethelred mir erzählte, erfüllte mich mit Entsetzen. Seine Darstellungen waren so schauerlich und für mich so unbegreiflich, daß ich an ihrer Echtheit zweifelte.

»Es wäre mir ein leichtes, Sie von der Wahrheit dessen, was ich Ihnen erzählt habe, zu überzeugen, wenn ich nicht befürchten müßte, Sie durch handgreifliche Beweise in einer Weise zu erschüttern, daß sich Ihre Gunst mir gegenüber in Haß verwandelte. Ich brauchte Sie nur an Orte zu führen, wo Sie Zeugin solcher Handlungen sein würden.«

»Hier in Florenz?« fragte ich.

»Nein, nicht hier, sondern in Rom«, entgegnete Sir Ethelred. »Und da Sie im nächsten Monat ohnehin in der Heiligen Stadt einige Gastspiele geben werden...«

»Wohlan, ich verspreche Ihnen, daß sich meine Zuneigung für Sie nicht in Haß verwandelt. Ich besitze Kraft genug, um alles mit anzusehen. Nur dürfen Sie nicht verlangen, daß ich mich an solchen Schändlichkeiten anders denn als Augenzeugin beteilige. Auch dürfen in meiner Gegenwart keine Mordtaten oder Folterungen geschehen.«

»Sie fordern mich also dazu auf, Sie mit solchen Auftritten zu konfrontieren?«

»Ich fordere Sie auf, und wenn Sie meine Neugier befriedigen, verspreche ich Ihnen Treue und Liebe, bis Sie meiner überdrüssig werden.«

»Dies wird niemals geschehen, und ich entbinde Sie im voraus Ihres Versprechens«, sagte Sir Ethelred, und wir brachen das Gespräch ab.

Auch mich hatte eine krankhafte Leidenschaft erfaßt, Aufregungen zu suchen. Wer weiß, wie weit sie mich geführt hätte, wenn ich nicht durch den Anblick dieser Scheußlichkeiten zurückgeschreckt worden wäre. Ich erzähle Ihnen das und hoffe, Sie werden mich deshalb nicht verurteilen, sondern mich, wenn wir noch einmal zusammentreffen sollten, über dieses Phänomen der menschlichen Natur aufklären.

Die Zeit floß in Gesellschaft dieses liebenswürdigen, hochgebildeten Mannes schnell dahin. Wir lebten, was die Liebe anbetrifft, sehr mäßig. Ich fand ihn zwar jederzeit zu neuen Liebesspielen bereit, doch bedachte ich sein Alter; ich liebte ihn viel zu sehr, als daß ich ihm eine Demütigung hätte bereiten können. So hielt ich mich an die goldene Regel Martin Luthers: »Alle Wochen zwie, macht des Jahres hundertvier, schadet weder dir noch mir.« Ich verstand es, durch zeitgemäßen Wechsel mir Genugtuung zu verschaffen, hatte ich doch meine geliebte Rosa stets an meiner Seite. Je mehr sich ihr Körper entfaltete – sie nahm bei der guten Kost bedeutend zu – desto bescheidener wurde das schüchterne, furchtsame Mädchen, das mich als seine Herrin betrachtete. In den Stunden der Liebe war sie eine Mänade, eine Bacchantin, erfinderisch in der Steigerung der Wollust. Ich liebte sie wirklich und bin überzeugt, wenn alle Weiber wüßten, welche Wonne ein derartiger Umgang bietet, würden viele auf den gefährlicheren mit den Männern verzichten. Ich selbst habe mich nur deshalb den Männern hingegeben, um alle Arten der Liebe kennenzulernen. Freilich, ein Godemiché taugt ebensowenig wie der Kondom; ein Liebesspiel mit ihnen ist ein kaltes Vergnügen. Was den Genuß erhöht, ist, daß zwei Frauen in den Äußerungen ihrer Gefühle weit weniger zurückhaltend sind, als die Frau einem Manne gegenüber. Ich bin überzeugt, daß nur zwischen zwei Weibern, wenn sie miteinander genießen, wahre Wollust zu finden ist. Ich habe es wenigstens so gefunden. Das Ende der Saison hier wurde durch den plötzlichen Tod meines Freundes getrübt. Er starb an der Malaria, dieser fürchterlichen Seuche, der schon viele zum Opfer gefallen waren. Ich verließ ihn bis zu seinem letzten Atemzug nicht und drückte ihm die mich noch während seines Todeskampfes zärtlich anblickenden Augen zu. In seinem letzten Willen vermachte er mir ein namhaftes Vermögen und viele Pretiosen und Antiken, die er auf seinen Reisen gesammelt hatte.

Sein Tod verleidete mir den Aufenthalt in Italien; ich war froh, als mein Impresario mir das Angebot unterbreitete, an die italienische Oper nach Paris zu gehen.

Hier in Paris fügte es der Zufall, daß ich eine der unterhaltsamsten Damen näher kennenlernte. Sie war die Mätresse des russischen Fürsten D., eine selten schöne Person und für ihr Alter noch sehr gut aussehend. Sie zählte achtunddreißig Jahre. Ich würde ihr höchstens fünfundzwanzig Jahre gegeben haben. Ihr Geliebter, der Fürst, der ungeheure Summen für sie verschwendete, begann, sich mir zu nähern. Ein Wort von mir hätte genügt, ihn ihr abspenstig zu machen. Ich sagte ihm rundheraus, daß er sich keine Hoffnungen machen dürfe, da ich mich niemandem ohne Liebe hingeben würde. Der Russe mißfiel mir sehr; er war alt und häßlich, mochte die Fünfzigerjahre bereits überschritten haben, trug eine Perücke und färbte seinen Schnurrbart. Ich fühlte seit jeher Widerwillen gegen Männer, die versuchen, ihr Alter zu verheimlichen. Sir Ethelred hatte völlig graue Haare, trotzdem würde er keine Perücke getragen haben. Des Russen Mätresse, Camilla, war glücklich, daß ich ihn abgewiesen hatte; sie stattete mir einen Besuch ab, um mir persönlich Dank zu sagen.

»Ich hoffe, Sie glauben nicht, daß ich den Fürsten lieben könnte«, sagte sie, »aber er gibt mir jährlich einhundertzwanzigtausend Francs. Unser Verhältnis dauert jetzt fünf Jahre, und ich möchte ihn noch ein paar Jahre behalten, damit ich es zu einer Million bringe. Ich besaß, ehe ich ihn kennenlernte, fast zweihunderttausend Francs. Von diesen Einkünften verbrauchte ich keinen Sou. Man findet in Paris Gelegenheit, hinter dem Rücken einfältiger Männer auch andere, einträgliche Liaisons zu haben, wenn man nicht so dumm ist, sich zu verlieben, was mir seit meiner Jugend niemals mehr widerfahren ist. Sie staunen, Madame? Es ist dennoch so! Als Mädchen von zwölf Jahren wurde ich von meiner Mutter einem alten Kavalier für zwanzigtausend Francs verschachert. Ich war schon in diesem zarten Alter pfiffig genug, um mir meine Unabhängigkeit zu sichern, kannte die Theorie des Genusses aus Erzählungen meiner Mutter und meiner Schwestern, von denen die eine im Hospital starb, die andere guillotiniert wurde, weil sie einen Mann ermordet hatte, der sie zur Mutter machte und dann verließ. Die dritte würde ebenso wie meine Mutter ein elendes Leben führen, wenn ich sie nicht unterstützte und zu meiner Freundin gemacht hätte. Sie sind in einem Alter, Madame, in dem man alle diese Dinge kennt, und ich bin überzeugt, daß ich Ihnen nichts Neues sage. Die Freude am Verkehr mit einem Mann entsprach den Beschreibungen, die man mir davon machte, durchaus nicht. Ich ging hierauf zur Liebe mit Personen meines Geschlechts über, und zwar mit solchen, die ich sogar liebte. Personen unseres Geschlechts können wir ebenso lieben wie Männer. Trotzdem befriedigt mich das nicht ganz. Es ist möglich, daß, wenn der Mensch, an den mich meine Mutter verkauft hatte, nicht so alt und häßlich gewesen wäre, sich in meinem Kinderherzen die wirkliche Geschlechterliebe entfaltet hätte. So aber empfand ich gegen ihn aus mehrerlei Ursachen Abscheu und Ekel, was sich auch auf meine Mutter erstreckte. Es langweilt Sie gewiß, Madame«, unterbrach sich Camilla, »Sie werden ähnliche Geschichten schon gehört haben.«

»Es langweilt mich durchaus nicht; ich finde alles, was Sie mir mitzuteilen die Güte haben, interessant und spannend, und es ist schmeichelhaft, daß Sie mich Ihres Vertrauens würdigen«, entgegnete ich. »Bitte erzählen Sie mir nur weiter, ich höre gern zu.«

»Wohlan, der alte Kavalier brachte mich in seine Wohnung, die er für uns beide gemietet hatte, und wollte sofort zum Angriff schreiten. Ich aber war darauf vorbereitet und zog aus meiner Schürzentasche ein kleines Terzerol, das ich ihm unter die Nase hielt. Ich eröffnete ihm hierauf, daß ich mich nicht weigern würde, doch müßte er mir eine Überschreibung von hunderttausend Francs für meine Jungfernschaft geben. Anfangs lachte er mir ins Gesicht. Dann versuchte er es mit Drohungen, die ich aber erwiderte, indem ich ihm sagte, ich würde ihn beim Polizeipräfekten verklagen, weil er mich meiner Freiheit beraubte. Später kam er aufs Feilschen; ich sollte mich mit zwanzigtausend Francs begnügen. »Nicht einen Heller weniger«, sagte ich und blieb dabei. Mit narkotischen Mitteln durfte er mir nicht kommen, weil ich keine andere Nahrung zu mir nahm als Obst, das unmöglich mit narkotischen Substanzen versetzt werden kann, oder ich ließ ihn und das Mädchen, das mich bediente, kosten, ehe ich etwas zu mir nahm. Das stachelte den alten Mann nur noch mehr an, meiner habhaft zu werden. Er war kein

Geizhals und außerordentlich reich. Hunderttausend Francs waren für ihn kaum mehr, als ein Drittel seiner jährlichen Einkünfte. Also willigte er schließlich ein, gab mir die Überschreibung, die ich zu einem Rechtsgelehrten trug und diesen fragte, ob sie auch gültig gemacht werden könnte. Auf die bejahende Antwort erfüllte auch ich mein Versprechen und ließ mit mir tun, was meinem Galan in den Sinn kam. Ich gestehe es Ihnen, daß es Augenblicke gegeben hat, in denen ich bitter bereute, mich selbst für die ungeheure Summe von hunderttausend Francs an ihn verkauft zu haben. Er richtete mich körperlich und seelisch vollständig zugrunde. Es ist unmöglich, Ihnen alles zu erzählen, was er mit mir anstellte. Ich war in seinen Händen eine wahre Märtyrerin. Wenn Sie das verfluchte Buch des Marquis de Sade, »Justine und Juliette«, in die Hände bekommen sollten, dann würden Sie erfahren, was ein solcher Wüstling, der sich selbst schont, mit einem armen, unmündigen Kind alles tun kann. Von Zeit zu Zeit empörte ich mich gegen meinen Tyrannen, und es gelang mir auch, einige schreckliche Folterungen, zu denen er mich überreden wollte, von mir abzuwehren. Endlich, nach drei Jahren, wurde ich durch den Tod meines Peinigers erlöst. Sie haben Sues »Martin der Findling« gelesen, wissen also, wie ich mich fühlte, als ich von ihm frei war. Jede Empfindung hatte aufgehört, meine Nerven waren vollkommen abgestumpft. Ich ging mit meiner ältesten Schwester, die ich noch unterstützte, nach Montmorency, Aix-les-Bains, Vichy und Biarritz, um mich zu restaurieren, endlich sogar nach Gräfenberg in Österreich. Das kalte Wasser gab mir zwar meine Kräfte wieder, nicht aber die Reizbarkeit meiner Nerven zurück. Nur selten, und auch nur bei Personen meines eigenen Geschlechts, vermag ich noch einen Reiz zu empfinden – bei Männern niemals. Eben diese Unempfindlichkeit verleiht mir aber die Macht, die ich über Männer besitze, denn ich stelle mich, als wäre ich toll vor Wollust. Bei mir ist das Liebesspiel Kunst, wie bei Ihnen die Mimik. Wenn ich es zu einer Million gebracht habe, will ich meinen Körper schonen und pflegen; vielleicht empfange ich dann noch. Wenn nicht, dann werde ich ein Kind adoptieren und erziehen. Aber es soll anders und glücklicher werden, als ich es sein durfte.«

Da Camilla, wie die meisten ausgehaltenen Weiber in Paris, eine bedeutende Rolle spielte, die jener der Damen des Faubourg St. Germain in nichts nachstand, diese geben in mancher Beziehung, namentlich in allem, was die Mode betrifft, den Ton an, so durfte ich es wagen, ohne meinem Ruf zu schaden, mit ihr zu verkehren. Camilla führte mich in mehrere Zirkel der »Bohème galante« ein. Ich besuchte alle Unterhaltungsplätze, im Sommer vor allem Asnières, wo die Damen in der Seine zu baden pflegen. Diesem Platz hatte es die Kaiserin Eugenie zu danken, daß sie den großen Gimpel Napoleon in ihre Netze verstrickte. Sie würde sonst vermutlich ebenso zu einer ausgehaltenen Frau herabgesunken sein, wie viele Damen der Aristokratie, die außer ihrem Titel nichts besitzen. In Paris fand ich meine gute Meinung, die ich von den Ungarinnen hatte, bestätigt. Es gab hier vier Damen dieser Nation: Mathilde von M., ein natürliches Kind des Fürsten O., von ihrer Mutter in gleicher Weise an einen Kavalier verkauft, wie meine Freundin Camilla. Sie emanzipierte sich von ihrer Mutter und heiratete einen reichen Bankier in Paris. Sarolta von B. war meine Kollegin im »Théatre lyrique«, mit der ich mich aufs innigste befreundete. Wir verabredeten, miteinander nach London zu reisen, um dort im »Coventgarden-Theatre« aufzutreten. Sarolta war keine Rivalin, da sie nur in lyrischen Opern oder als zweite Besetzung auftrat – ein reizendes Wesen und noch nicht verdorben. Sie spielte mit den Männern, ohne ihnen ihre Gunst zu gewähren. Ebenso wie ich fürchtete sie sich vor der Gefahr, Mutter zu werden. Die dritte war eine gewisse Madame de B., Gattin eines emigrierten ungarischen Obersten, der mit ihr in Bigamie lebte. Als seine erste Frau, von der er nicht gerichtlich geschieden war, ihm ihre bevorstehende Ankunft mitteilte, ergriff er die Flucht. Er reiste nach Konstantinopel und trat zum Islam über. Estella de B. kam später vor das Polizeigericht wegen Verführung eines Minderjährigen. Sie wurde zu einem Jahr Zuchthaus verurteilt und soll, wie ich erfuhr, ihrem Gatten nach Kairo gefolgt sein. Dieser verkaufte sie um dreißigtausend Piaster an den Khediven von Ägypten, über den sie eine Macht erlangt hatte, wie keines seiner übrigen Weiber. Die vierte Ungarin war eine gewisse Jenny K., Tochter eines verarmten Advokaten in Pest. Sie und ihre drei Schwestern waren auf das Verkaufen ihrer Reize angewiesen und fingen das elende Handwerk mit niedrigen Preisen an; für einen Silberzwanziger waren sie für den ersten besten feil. Später verliebte sich ein armer siebenbürgischer Graf in sie und brachte sie so in Mode. Sowohl Jenny als auch ihre Schwestern machten ihr Glück. Jenny zählte in Paris zu den elegantesten Damen des Bohème. Ein italienischer Kavalier, der Marchese M., heiratete sie vom Fleck weg. Sie sehen, daß ich, ohne mich mit den Eroberungen brüsten zu wollen, die ich in Paris gemacht habe, Ihnen Interessantes zu erzählen hatte.

Im vorhergehenden Brief erwähnte ich, daß wir – Sarolta und ich – uns vorgenommen hatten, nach London zu reisen, um dort aufzutreten. Ich hatte in Paris bestimmt mäßig gelebt und war in den Liebesgenüssen vorsichtig gewesen.

Ehe ich über meinen zweijährigen Aufenthalt in London spreche, darf ich nicht vergessen, den Mann zu erwähnen, der mich ohne Ihren Beistand, mein teurer Freund, beinahe zugrunde gerichtet hätte. Ich habe Ihnen mündlich alles gebeichtet. Niemals bin ich einem Menschen von so eiserner Beharrlichkeit begegnet. Etwa drei Monate nach meiner Ankunft in Paris wurde ich mit ihm bekannt; er stand in dem Ruf, der Roué der Seinehauptstadt zu sein; ich wies ihn stets mit Kälte zurück. Trotzdem verfolgte er mich überallhin, selbst nach London, wo er sich in der Nähe meiner jeweiligen Wohnung einmietete. Eine solche Beharrlichkeit hielt ich anfangs für Tollheit, später für unbegrenzte Liebe, bis ich zu meinem Unglück dahinterkam, daß Eitelkeit und Rachegefühl seine Handlungen diktierten; da war es aber schon zu spät. Ich will nichts mehr von ihm sagen – sein Andenken ist mir ebenso verhaßt, wie ich ihn einst liebte, ehe er an mir jene doppelte Treulosigkeit beging, indem er mich gleichzeitig zur Vernachlässigung meiner gewöhnlichen Vorsichtsmaßregeln verführte und mich ansteckte. In London durfte er es nicht wagen, mich auffällig zu verfolgen, denn dort konnte ich den Beistand der Polizei in Anspruch nehmen. Später, in einem anderen Land und unter anderen Verhältnissen, ging er rigoros vor. Sarolta und ich nahmen uns eine hübsche Wohnung in St.-Johns-Wood, in unmittelbarer Nähe des Regentparks. Es war zu Beginn der Londoner Opernsaison. Unser Landhaus war von einem Garten umgeben, in dem ein paar Obstbäume und eine Gaisblattlaube standen, wo wir die Morgenstunden zuzubringen pflegten und gewöhnlich auch unser Frühstück einnahmen. Bei unfreundlichem Wetter blieben wir in unserem Haus. Von meinem Schlafzimmer aus konnte ich den ganzen Park und einen Teil von St.-Johns-Wood überblicken. Eines Morgens war Sarolta in mein Schlafzimmer gekommen. Die Fenster standen offen, und ein paar Rotkehlchen pickten an dem Kuchen, den ich für sie auf das Fensterbrett gelegt hatte. Sie waren so zahm und heimisch geworden, daß sie Sarolta auf den Nacken flogen und ihr Krümchen Backwerk aus dem Munde nahmen, oder auf das Bett flogen und dort suchten, ob es nicht etwas zum Naschen gäbe. Der Duft des Flieders drang ins Zimmer – es war ein herrlicher Frühlingsmorgen. Ich sprang im Hemd, nur ein leichtes Tuch über dem Nacken, aus dem Bett und lehnte mich an Saroltas Seite zum Fenster hinaus. »Sieh nur«, sagte Sarolta, »ist das nicht sonderbar – ein so elegant gekleideter Herr mit fünf, nein sechs! zerlumpten Kindern?« Dabei wies sie auf eine Gruppe im Regentpark. Ich sah, auf eine Entfernung von einer englischen Viertelmeile, einen Herrn, der zwei barfüßige Mädchen an der Hand führte und einem Platz zuging, der mir bekannt war; es war der verborgenste im ganzen Regentpark – eine kleine, ringsum mit dichtem Gesträuch umgebene Lichtung. Wie ein Blitzstrahl durchfuhr es mich, es könnte ein Wüstling sein, der die Kinder zu unzüchtigen Handlungen verleiten wollte. In diesem Augenblick ging ein Polizist auf dem Weg hinter unserer Gartenmauer vorüber. Ich rief ihn an und sagte, was ich gesehen hatte; er möge doch einmal nachsehen, was der Mensch mit den Kindern vorhabe. Der Polizist beschleunigte seine Schritte und verschwand bald im Gebüsch. Nach einer Weile trat er mit dem Herrn, dessen Toilette etwas in Unordnung geraten war, wieder hervor. Ich hatte mein Fernrohr hervorgeholt und konnte alles, was dort vorging, genau beobachten. Der Polizist stritt mit dem Herrn; rundherum standen die kleinen Mädchen im Alter von etwa fünf bis neun Jahren; auch sie sprachen und gestikulierten heftig. Eines ging auf das kleinste Mädchen zu, deutete auf den Verhafteten und hob des Kindes Röckchen in die Höhe. Der Polizist winkte ab, was so viel hieß wie: das genüge. Mehrere Spaziergänger waren hinzugetreten, die dem Mädchenschänder gegenüber eine drohende Haltung einnahmen. Der elegante Herr mußte dem Polizisten folgen. Einige Tage darauf lasen wir in der »Times« einen Bericht, wonach der Polizist, der ihn verhaftet hatte, und die kleinen Mädchen, die der Unhold zur Unzucht hatte verführen wollen, in einer Gerichtsverhandlung als Zeugen gegen diesen auftreten würden. Der Fall schien uns so interessant, daß wir uns für den Verhandlungstag Plätze sicherten. Es war pikant, was die Mädchen aussagten. Der Mädchenschänder, ein Kaufmann, hatte die Kinder entblößt. Dann hieß er sie sich ins Gras legen und küßte und betrachtete ihre Körperchen. Dafür erhielten sie zwei Schillinge. Obschon der Fall klar und erwiesen war, wurde der Angeschuldigte von den Geschworenen dennoch nicht für schuldig befunden; er kam mit einem Verweis davon. Die englischen Gesetze, die Gerichte und das Publikum sind in solchen Fällen manchmal sehr nachsichtig, was sich mit der gerühmten Unparteilichkeit und Gerechtigkeitsliebe dieser Nation kaum vereinen läßt. Der Angeschuldigte wird häufig wegen einer Nichtigkeit zu einer viel härteren Strafe verurteilt, als wenn ein anderer weiß der Himmel was begangen hat. In meiner Freizeit studierte ich die Polizeiberichte, namentlich die Vergehen gegen die Sittlichkeit. Die Engländer haben die Manier, sich den Frauen unsittlich zu nähern, indem sie sich auf unschickliche Weise entblößen. Es war manchmal zum Lachen: Ein junger Engländer beispielsweise stellte sich nackt vor die Tochter seiner Hauswirtin, als sie zu ihm hinaufging, sein Bett zu machen. Und für einen Kuß, den ein junger Franzose in angeheitertem Zustand der Tochter der Hauswirtin raubte, wurde er auf sechs Wochen in die Tretmühle geschickt. Wahrlich eine harte Strafe im Vergleich zu dem Freispruch für den Mädchenschänder. Sie kennen meine Ansichten und das, was man Unzucht nennt. Sie wissen, daß ich mit der Meinung der überwiegenden Mehrheit nicht übereinstimme. Ich glaube nämlich, daß es jedermann, Mann oder Weib, freisteht, über seinen Körper nach Belieben zu verfügen, wenn dies einem anderen keinen Schaden verursacht. Gewalt aber, oder Verführung durch Versprechen, Aufreizen der Sinne oder betäubende Mittel, die Verführten zu willenlosen Geschöpfen machen, halte ich für strafbar. So sehr und oft ich Liebe und jede Art von Wollust genossen habe, so kann ich mir doch nicht den Vorwurf machen, daß ich jemals jemanden zu derartigen Handlungen verführt hätte.

Doch will ich nun wieder von meinen Abenteuern erzählen, die ich hier erlebte.

In London traf ich die Schwester jener Jenny K., der Ungarin, von der ich im vorhergehenden Brief gesprochen habe. Sie war schön, aber nicht so attraktiv wie Jenny. Auch Laura K. hatte später großes Glück. Einer der reichsten Kavaliere Deutschlands, der preußische Graf H., verliebte sich in sie, machte sie zu seiner Mätresse und heiratete sie sogar. Graf H. war nicht mehr jung. Nach seinem Tode hinterließ er ihr sein Riesenvermögen von mehr als einer Million Talern. Sie kaufte dann einen der größten und schönsten Herrschaftssitze in Ungarn, eine Stunde von Preßburg entfernt.

Sarolta fand in London nicht jene Aufnahme, mit der sie gerechnet hatte; sie verließ mich schon im August desselben Jahres, während ich mich auf drei Jahre verpflichtet hatte. Nun besaß ich außer Rosa keine andere Freundin hier. Zum Glück geriet mir ein Empfehlungsschreiben meines verstorbenen Freundes an eine seiner Cousinen in die Hände, die in London, in der Vorstadt Brompton, wohnte. Ich schickte ihr den Brief Sir Ethelreds samt meiner Karte und erhielt noch am gleichen Abend eine Einladung.

Mrs. Meredith, dies war ihr Name, war eine Dame von etwa fünfundvierzig Jahren. Sie mußte einst sehr schön gewesen sein, doch auch das Leben genossen haben, denn sie sah ziemlich welk aus; ihr Haar begann grau zu werden, sie hatte eine Menge Falten im Gesicht und nahm zum Puder ihre Zuflucht. Sie war eine Philosophin der epikureischen Schule und überall gern gesehen, denn sie besaß viel Geist und einen niemals versiegenden Humor. Dabei war sie auch sonst sehr liebenswürdig, außerdem vermögend genug, um nach Belieben Gesellschaften geben zu können. Trotz der Verschiedenheit unseres Alters befreundeten wir uns bald, und ich gestand ihr das Verhältnis, das ich mit ihrem seligen Vetter gehabt hatte. Sie lobte mich, daß ich ihn mit meiner Liebe beglückt hatte. Übrigens mußte sie es geahnt haben, denn schon bei meinem ersten Besuch ließ sie einige Worte fallen, die darauf hindeuteten, daß er ihr von seinem Liebesverhältnis in Italien geschrieben hatte, ohne meinen Namen zu nennen – Sir Ethelred war ein Muster an Diskretion. Mrs. Meredith bahnte den Weg zur freien Meinungsäußerung über alle möglichen Dinge von sich aus an. Sie sagte, sie habe es auch jetzt noch nicht aufgegeben, Liebe zu genießen, obschon dies nicht ohne Geldopfer möglich sei. »Mein Gott«, sagte sie, »ich mache es wie ältliche Männer, die von jungen Geschöpfen Liebe kaufen.« Einige öffentliche Lokale werden nur von den Mädchen der Straße besucht, namentlich die Tanzböden in

Canterbury Hall, Argyllrooms, Picadilly Saloon, Holborn Casino, Black Eagle, Caldwell und unzählige andere. Die Nymphen, obwohl sie in den Polizeiberichten Prostituierte genannt werden, sind trotzdem nicht so sehr die Parias der Gesellschaft, wie auf dem Kontinent, sie werden von den Gesetzen mehr geschützt als anderswo. Wenn sie von jemandem beleidigt werden, indem man ihnen entehrende Titel gibt, wird der Beleidiger bestraft. Mrs. Meredith erzählte mir von den vielfachen Abenteuern, die sie in diesen Lokalen erlebt hatte, und fragte mich, ob ich nicht Lust hätte, einige davon unter ihrem Schutz und an ihrer Seite zu besuchen. Ich nahm ihren Antrag an. Wir durchwanderten sie alle nacheinander. Ich hatte Gelegenheit, Beobachtungen über den Charakter dieser verlorenen Geschöpfe zu machen, und meine Meinung über die Engländerinnen dieser Kaste war, verglichen mit den Freudenmädchen anderer Nationen, verhältnismäßig günstig.

Unter diesen Lokalen sind die Bälle in den Portlandrooms, und der einzige, alljährliche Maskenball im Vauxhallgarten im Sommer die unterhaltendsten, sie übertreffen sogar jene von Paris im Jardin Mabille, Château rouge, Jardin d'Hiver, Château des Fleurs, Gonelagh und Frascati. In den Portlandrooms werden Bälle nur in der Wintersaison abgehalten. Sie beginnen erst nach Mitternacht und währen bis vier oder fünf Uhr morgens. Die Gentlemen und die Ladies kommen hierher im Ballkostüm. Hier wird auch Cancan getanzt – und zwar ein sehr ausgelassener, wie die Weiber überhaupt hier mehr Bacchantinnen sind als anderswo, ohne daß sich die Polizei dareinmengt. Es ist natürlich, daß diese Plätze ausschließlich von der »Bohème galante« besucht werden, und nur einmal im Jahr vermischen sich die Damen der Aristokratie mit dieser Kaste beim Maskenball des Vauxhallgartens, der von der Hautevolee ebenfalls besucht wird, so daß man hier tatsächlich Ladies antrifft.

Mrs. Meredith war mit den meisten Damen der »Bohème galante« nicht nur bekannt, sondern sogar intim, und gäbe es in der englischen Sprache ein Duzen, sie würde sich mit ihnen geduzt haben. Einige dieser Personen besuchten sie auch, und sie gab Abendgesellschaften, eigens für jene. Bei diesen Soireen war kein einziger Mann zugegen, dennoch unterhielten wir uns hier vielleicht besser, als wenn Männer teilgenommen hätten. Sie besaß außer ihrem Londoner Haus ein schönes Landhaus in Surrey, nicht weiter von London entfernt als Richmond. Auch dahin wurden einige der jüngsten und schönsten Venuspriesterinnen eingeladen. Ich selbst brachte Rosa mit, die, obwohl sie bereits sechsundzwanzig Jahre zählte, noch immer so blühend aussah wie damals, als ich mit ihr nach Paris kam.

Unsere weibliche Gesellschaft mochte zwischen vierzig und fünfzig Personen gezählt haben; wir gedachten, das Fest über drei Tage auszudehnen. »Wir wollen eine lesbische Orgie feiern«, sagte Mrs. Meredith, »und wollen sehen, ob wir die Männer nicht ganz entbehren können.«

Durch den Garten der Mrs. Meredith fließt ein Fluß, der für Schiffe zu seicht ist. An manchen Stellen kann man ihn sogar durchwaten. Der Garten ist von einer hohen Mauer umschlossen, und die Ufer des Flusses sind im Innern des Gartens von Trauerweiden umgeben. Sie verdecken das Terrain vor allen neugierigen Augen, so daß man tun kann, was einem beliebt, ohne befürchten zu müssen, es könnte von außen gesehen werden. Dieser Ort eignete sich aufs beste zur Feier einer Orgie. Wir hatten das herrlichste Wetter; nicht ein Wölkchen zeigte sich während unseres dreitägigen Aufenthaltes am sonst so trüben englischen Himmel. Mrs. Meredith hatte es uns zum Gesetz gemacht, während unseres Hierseins nackt zu bleiben; wir zogen nur Schuhe an, wenn wir im Freien lustwandelten. Den größten Teil unserer Zeit brachten wir wie Enten im Wasser zu; wir schäkerten miteinander und schwammen umher. Da ich unter allen übrigen die geschickteste Schwimmerin war, einige der Damen aber diese Kunst nicht gelernt hatten, setzte sich bald die eine, bald die andere rittlings auf meinen Rücken, und die Berührung des nackten Fleisches war sehr erregend.

Soll ich Ihnen erzählen, was wir hier getrieben haben? Es wäre zuviel, und mein Brief würde mehr als doppelt so lang werden, wie alle übrigen, die ich Ihnen geschrieben habe. So genüge Ihnen, davon soviel zu wissen, daß wir uns alle in Wollust badeten. Es gab unter den Anwesenden einige Personen, die behaupteten, sie hätten in den Armen der Männer niemals diese Seligkeit empfunden. Für keine von uns war übrigens dieses Fest ein solcher Genuß, wie für unsere Hauswirtin. Alle wetteiferten darin, ihr Dankbarkeit dafür zu bezeigen, daß sie uns auf eine so glänzende Art bewirtete.

Nach dem dritten Tag fühlten wir eine derart große Erschöpfung, daß wir den vierten zumeist im Bett zubrachten. Dann reisten wir allesamt nach London, wohin mich ja auch mein Beruf zurückrief. Ich hätte in London enorme Summen gewinnen können, wenn ich es darauf angelegt hätte, Männer zu erobern. Lord W., der unter allen englischen Kavalieren der größte Gesangsfanatiker war und auf eine andere Sängerin ungeheure Summen verschwendet hatte, ja sogar ein Engagement für sie erwirkte, ließ mir durch mehrere seiner männlichen und weiblichen Bekannten die glänzendsten Angebote machen. Doch ich schlug diese ebenso ab, wie alle anderen, die mir von der englischen Aristokratie gemacht wurden, so daß ich trotz meiner intimen Bekanntschaft mit Mrs. Meredith stets im Ruf der Uneinnehmbarkeit stand. Eine Dame, die mich zur Hochzeit ihrer Tochter einlud, sagte mir sowohl über meinen Gesang, als auch über meine Aufführung sehr Schmeichelhaftes. Sie brachte auch meine Bekanntschaft mit Mrs. Meredith zur Sprache.

»Diese gute Dame steht zwar in einem zweideutigen Ruf, doch Sie werden dies wahrscheinlich nicht gewußt haben«, sagte sie. »Wie ich hörte, haben Sie ihren Vetter Sir Ethelred Merwyn gekannt. Man behauptet, er wäre früher Ihr Geliebter gewesen. Hat er Ihnen seine Cousine empfohlen? Wahrscheinlich wird er nicht gewußt haben, daß sie so ausschweifend geworden ist. Übrigens kann Sie dies nicht berühren, Sie brauchen davon keine Notiz zu nehmen.«

Sie werden mich vielleicht fragen, ob ich auch in London meine »petites frèdians« gehabt habe. Nun ja doch, ich hatte meine kleinen Abenteuer, doch maskierte ich mich so geschickt, daß es niemandem einfiel, in mir die berühmte Primadonna zu suchen. Ich besuchte sogar den sogenannten »Streck« in der Regent-Street und den Portlandrooms – bald mit dieser, bald mit jener der Damen, die ich bei Mrs. Meredith kennengelernt hatte, ja sogar mit Mrs. Meredith selbst. Wir mußten uns freilich in acht nehmen, damit wir niemandem begegneten, der uns in Gesellschaft zu treffen pflegte. Eben deshalb wechselten wir die Gegend, indem wir Lokalitäten aufsuchten, die weit vom Zentralpunkt der Stadt entfernt sind. Freilich gab es hier keine Kavaliere, sondern nur Schiffsleute, Matrosen, Midshipmen und zuweilen einen Schiffskapitän. Aber wir verloren bei diesem Tausch im ephemeren Umgang durchaus nicht – im Gegenteil, wir gewannen in Bezug auf männliche Lendenkraft. Diese Leute, für so roh sie auch immer gehalten werden, waren gegen uns höflicher, behandelten uns zarter, als manch andere Gentlemen, die uns für Dirnen gehalten hätten. Das Schlimmste bei diesen Streifzügen war nur, daß man uns Geld anbot, und daß wir es annehmen mußten, wenn wir uns nicht der Gefahr aussetzen wollten, unsere eigentliche Stellung zu verraten.

Schließlich hatte ich mir einen wunderschönen Hinduknaben von kaum mehr als vierzehn Jahren zum Pagen genommen. Weil er mir gut gefiel, nahm ich mir vor, ihn in die Mysterien der Liebe einzuweihen. Es hatte für mich einen eigentümlichen Reiz, bei einem Knaben Empfindungen entstehen zu sehen. Aus jedem Muskel seines Gesichts, in jeder Bewegung seines Körpers sprach Liebe zu mir. Seine Hingabe war grenzenlos. Oft sagte er mir, er glaube nicht, daß das, was er erlebe, Wirklichkeit sei; er müsse dies alles wohl träumen. Tatsächlich sah ich ihn meist mit geschlossenen Lidern und oft in Gedanken versunken. Er nahm mich oft erst wahr, wenn ich nahe an ihn herantrat und ihn mit meiner Hand berührte.

Alles, was sich später ereignete, haben Sie aus meinem Mund gehört. Mit diesem Brief schließe ich daher den Bericht über meine Abenteuer im Reiche der Liebe ab, in der Hoffnung, daß meine Aufzeichnungen Ihnen – dem Wissenschaftler – Aufschlüsse gegeben haben, wie die Natur des Weibes geartet sein kann. Wenn der Arzt und Psychologe daraus Nutzen zu ziehen vermochte, ist erreicht, was meine schonungslose Beichte bezweckte.